全民微阅读系列

雨 中 奔 跑

明晓东　著

江西高校出版社

图书在版编目(CIP)数据

雨中奔跑/明晓东著. —南昌：江西高校出版社，
2017.9(2020.2 重印)

(全民微阅读系列)

ISBN 978 - 7 - 5493 - 6031 - 4

Ⅰ.①雨… Ⅱ.①明… Ⅲ.①小小说—小说
集—中国—当代 Ⅳ.①I247.82

中国版本图书馆 CIP 数据核字(2017)第 222969 号

出 版 发 行	江西高校出版社
社 址	江西省南昌市洪都北大道 96 号
总编室电话	(0791)88504319
销 售 电 话	(0791)88592590
网 址	www.juacp.com
印 刷	永清县晔盛亚胶印有限公司
经 销	全国新华书店
开 本	700mm×1000mm 1/16
印 张	14
字 数	180 千字
版 次	2017 年 10 月第 1 版
	2020 年 2 月第 2 次印刷
书 号	ISBN 978 - 7 - 5493 - 6031 - 4
定 价	36.00 元

赣版权登字 -07 -2017 -1145

目录 / CONTENTS

第二辑　薰衣草庄园之梦

第一辑

暗恋是青春最美的花蕾

月亮花

那夜的月亮已被"天狗"咬出了个缺口,只剩下半拉子傻愣愣地挂在草垛上方暗幽幽的天上。

我刚从草垛背后探出满是泥巴的头来,阿娇就蹭着我的脊背跟了上来。阿娇放下手中的一块红泥说:"二狗子哥,你说月亮里真有一棵永远砍也砍不断的桂花树吗?"

我说:"傻丫头,你连奶奶的故事都不相信,不是好丫头,以后再也不跟你玩了。"

阿娇咧咧小嘴,刚要哭出来的时候,我说:"奶奶的故事都是真的,月亮里真的有一棵树,不过不是桂花树,是一棵好大好大的山樱桃树,你看树梢上的那几颗樱桃好大好红呵。"阿娇就抬起扮新娘时被我涂上红泥的脸蛋,眼睛亮闪闪地望着我,嘴里滋滋地咽着口水。我说:"阿娇别哭,等我长大了一定要爬上月亮采回满满一篮子好大好红的山樱桃给你。"阿娇笑了,两颗眼泪在大眼睛里打着转转说:"二狗子哥,你真好。"

春天,一个蒙蒙细雨的早晨,我娘走了。爹和娘悄悄离婚的时候,奶奶和我都不知道。娘抱着我,哭着说:"乖狗狗,你爹在外边有女人了,不要娘了,你要听你爹的话,好好念书,娘走了。"

我惊愕地张大嘴巴,看着娘的泪水像断了线的珠子似的滚落下来。

我说:"娘,你别走,狗狗不让你走。"

娘哭得更厉害了,说:"好狗狗,娘会常回来看你的。"我尝到了娘的泪水咸咸的味道。我说:"娘,你别走,狗狗不让你走。"

娘轻轻地放下我,说:"乖狗狗,你要听话,要好好念书,别让娘放心不下。"

然后娘就一步一回头地走了。

"你滚吧,二狗子没你这个娘!"我使劲地对着娘的背影喊着,然后捡起一块土坷垃扔向娘的背影。走过村前的时候,我看见大人们看我的眼光中有一种怪怪的味道。大人们看见我就摇着头说:"唉,这孩子真可怜,有后爹就有后娘,二狗子恐怕要受罪了。"

我怔住了。我呆呆地看着娘一步一回头地走过的村路,我想追上去撵回我的娘。

我哭着跑过村后的场院,阿娇从场院中间的草垛后面探出挂满草秸的脑袋喊道:"二狗子哥你快来呀,阿娇给你做饭饭了,快来吃吧。"

我看都没看阿娇一眼,径直跑到草垛后面,一屁股坐在草秸上呜呜地哭了起来。

阿娇搂着我的肩膀,从裤兜里掏出一只热乎乎的山芋递到我的嘴边。我一巴掌打掉了山芋,并使劲推开了阿娇。然后站起身几脚踹掉了玩过家家时我和阿娇用树枝和麦秸搭成的小屋屋,对着阿娇喊道:"我娘不要我了,二狗子是没娘的孩子了!"

阿娇呆呆地坐在地上,撇着嘴想哭却又挤不出眼泪。

阿娇从地上爬起来拍了拍屁股上的尘土,围着被我踹掉的小屋屋,又开始忙乎了。

过了一会儿,阿娇拉起我到草垛旁坐下。她趴在我的腿上,伸出双手抹去我脸上的泪水。阿娇用碎瓦片盛来她用青草做的

"菜",她说:"二狗子哥,这是鸡肉,这是豆腐,这是鸡蛋,这是番茄……"

我渐渐地停止了哭泣。

大人们说坟场后面的那棵老槐树上曾经吊死过一个女人,小孩是万万不能到那儿去的,小心被那个冤魂叫去做伴。可是我和阿娇却在这里玩得很开心。那年夏天树上结满槐豆的时候,老槐树上开出了一种奇怪的花儿。我说这也许就是奶奶的故事里的月亮花。阿娇说不对,月亮花是长在海里的。可是,我们谁也没有见过海是什么样子的。我说海大概就像油绿的老槐树一样吧,这么好看的花不是月亮花是什么?奶奶说过,有了月亮花,想要什么就有什么。

阿娇说:"那你想你娘,你娘就会回来?"我肯定地点了点头。

阿娇让我蹲下,她噌地一下踩在我的肩膀上,去够月亮花。

我说:"阿娇,长大了你就做我的新娘吧,做了我的新娘我带你去找我娘回来,让我娘给你梳头,再插上这漂亮的月亮花。"

阿娇就像摇响了小铜铃似的笑了,笑得太阳光都成了碎片了。突然我的肩膀上一松,阿娇直直地跌了下来,手里握着大把的月亮花。

我惊慌失措地望着阿娇着了魔似的抽搐的身体,突然想起了那个可怕的女鬼。阿娇被她叫去了那还有谁和我做伴呢?还有谁会陪我去找我娘呢?

我飞跑着找来了阿娇她爹。阿娇她爹说:"二狗子你这个孬种,还不快去找老赵婆来给阿娇招魂。"我找来了老赵婆后便回家偷了爷爷的一壶酒,来到那个女人的坟前,我在坟的周围洒上酒,然后点燃了一炷香,学着大人们的样子嘴里无数遍地祈求她的鬼魂放回我的阿娇。回来的时候,老赵婆正掰不开阿娇紧握着月亮花的小手。我说:"好阿娇,二狗子永远和你玩,长大了还要你做我的新娘,还要你陪我一块去找我娘呢。"

阿娇笑着把手里的月亮花都放在了我的手里,然后小手重重地垂了下去。我看见阿娇的手肿着,指尖冒着乌黑的血。月亮圆了,阿娇却死了,阿娇是被藏在树上偷吃鸟蛋的毒蛇咬死的。可是我分明看见月亮里的那棵山樱桃树上还好端端地挂满了又红又大的山樱桃呢。那个夏天,我采了好多好多的山樱桃,坐在老槐树下等着阿娇,我已经为她挑出了最大最红的山樱桃。

可是阿娇没有来。旷野里传来奶奶焦灼苍老的呼唤声,我倚着阿娇低矮的小坟渐渐地睡着了。

天上那轮被"天狗"咬了半边的月亮不知道是不是偷吃了我留给阿娇的红红的山樱桃,已经胖胖地挂在了天上。

暗恋的夏天

十七岁的那个夏天,我如醉如痴地爱上了乔。

常常是落日的余晖在教室的一角洒下一地耀眼的金子般的光芒的时候,我正在一张飘着淡淡的香味的信笺上对着讲台上侃侃而谈的乔,偷偷地画着他的背影。

我喜欢乔的样子。乔那充满磁性的声音像是一群快乐的小鸟,在空中翩翩起舞,然后轻轻地落在全班 48 个男孩女孩的心田。他那充满智慧的眼睛总是似笑非笑地掠过教室的每一个角落,每次与我的目光碰撞的时候,我都会羞涩地低下头,一阵战栗的感觉在内心轻轻地激荡着。

乔是我们高二下学期新来的语文老师,我知道乔是不会明白一个十七岁的小姑娘的内心的,在二十五岁的乔的眼里,我只是一个内向而文静的小丫头,和他似乎隔了一个世纪的距离。可是我却抑制不住对乔的思念,尽管从给我们上第一节语文课到现在,乔几乎从未单独和我说过一句话,但乔的影子却已深深地刻在我的心里。

那天下晚自习后,我把在课堂上画的乔的肖像拿回家里。躺在床上,我第一次为自己有了小小的心事而失眠。我静静地看着乔的肖像,内心一种异样的感觉让我无法入眠。后来,我趴在床上完成了我心中的那幅画。我在画上添上了自己,在画的左上方画上了两只翩翩飞舞的小鸟,我和乔正站在碧绿的草地上牵着手,欣赏着远处天边的斜阳……然后,意犹未尽地拿起画笔,在画的下方写上了乔和我的名字,再找出过生日的时候姐姐送给我的那支口红,在乔的名字上印上了一个淡淡的唇印。

看着这幅画,我心中充满了一种无言的冲动。我决定要把这幅画交到乔的手里,哪怕被他臭骂一顿我也要让他明白一个十七岁女孩的心情。毕竟他是我一生中最初的暗恋。

第二天一早,我早早地来到教室,看着讲台上放着的教案本,我知道接下来就是乔的语文课。看看四周没人,我慌乱地把自己的"杰作"夹在教案本里,飞快地跑到自己的座位上。

出乎意料的是,上课的时候进来的却是五十多岁的数学老师兼学校的副校长。我的心一下子提到了嗓子眼里。当数学老师那犀利的目光扫过我身上的时候,我的脑子里不由得轰的一下响了起来。整整一天,我都在恐惧中度过。如果让母亲知道了这件事,我不知道自己将会处于怎样一种的处境。

我想从数学老师那里拿回那幅画，可是没有机会。快放学的时候，我悄悄地来到乔的办公室门口，我听到了乔和数学老师激烈的争吵声。数学老师坚持要通知我的母亲，而乔却坚决不同意。就在这时，我看见乔从办公室里冲了出来，怒气冲冲的样子。看到惊慌失措的我，乔又恢复了平静，我听见乔轻声地对我说："李婉娜，如果你能考上大学的话，我会等你！"

第二天，乔没有来给我们上课。据说那一年分到我们学校来的大学生只有乔没有被录用。其实真正知道乔为什么离开的，也许只有我。

懵懵懂懂的日子很快就过去了，怀着对乔的思念与愧疚，我发奋学习，终于考上了一所著名的大学。

若干年以后，我收到了一封没有署名的来信。拆开，竟然是多年以前出自自己之手的那幅"杰作"。在蒙眬的泪光中，我看到了那个闪动着艳丽色彩的红唇印，还如当年一样艳丽，一如青春的颜色。一种暖暖的感动在我心底缓缓升起，漫过了我所有寒冷的日子。

一生的账单

网吧里灯光昏暗。"杀"完了最后一个敌人，我撇开正玩得天昏地暗的游戏，长出了一口气时，大李拍着我的肩膀说："哥儿们，听说刘健那小子最近和张羽黏得很紧呢，你小子可得抓紧哦！"

我冷笑一声，抓过大李递过来的香烟点上，回击了大李一拳说："那你给哥们儿出出主意？"

大李扳过我的脑袋，咬着我的耳朵说出了他的锦囊妙计，我一听乐了："大李，你小子真够聪明的啊！"

大李得意地笑了。

张羽是一个漂亮得有些狐媚的女孩。从一进这所大学开始，我就为张羽的美丽所倾倒。刘健是体育系的明星，我是中文系的才子，张羽始终是游离在我和刘健之间的一条鱼儿，我和刘健像是两只向着自己心仪的异性竞相开屏的雄孔雀，从大一追到大三，可是谁也抓不住张羽这条游来游去的鱼儿。相反，我们旗鼓相当的竞争让张羽似乎有了一种无限的优越感。

三年了，发表有我偷偷写给张羽的情诗的校报足足有厚厚的一摞，而张羽那条狡猾的鱼儿却始终不肯泊向我这株望眼欲穿的水草。再加上大李那帮小子的嘲笑，害得我在宿舍里的哥们面前头都抬不起来。

想起这些，我烦躁地掀翻了面前的键盘，撇下一脸坏笑的大李冲出了网吧。躺在床上，我的脑海里一会儿浮现出张羽那灿烂的笑容，一会儿又浮现出父母汗流浃背地在地里劳作的样子。我不忍心再向为了我上大学已经债台高筑的父母伸手，可是这颓废无聊的大学时光，使我也同样需要一个女朋友来打发这青春的寂寞。经过长时间的考虑，我决定对父母撒一次谎，彻底击败刘健这个对手，赢得张羽的芳心。

一早起来，我就给村里打了一个电话，让人给父亲捎信，说我病了，正在医院里，让父亲给我汇一千块钱过来。

第二天是情人节。等到华灯初上时，校园里出双入对的情侣一下子多了起来，人们沉浸在浪漫与激情之中。下午从卡上取出父亲汇来的钱后,我就着手实施大李给我出的点子。我在夜色刚刚来临时,飞快地爬上宿舍楼的顶层,打开楼道里的窗户,在大李带着张羽和刘健经过时,呼啦一下放开我手里提前准备好的条幅,让"张羽,林瞳爱你一生一世"几个巨大的字出其不意地落进张羽和刘健的视线。我看见张羽的脸一下子像涂了一层胭脂,放射出熟透了的苹果般的颜色。而刚才还兴致勃勃地挽着张羽的胳膊的刘健,脸色一下子变得晦暗起来,然后愤然撒开张羽的手,一个人黯然离去。我飞快地跑下楼,单膝跪地,像一个骑士一样,把用父亲汇来的钱买来的九百九十九朵玫瑰递到张羽的手里。我听见周围响起了热烈的掌声,我知道我终于战胜了刘健那个只知道在球场上疯跑的傻小子。

大李对着我竖起了大拇指并点点头,这小子这会儿兴奋得连平时总挂在脸上的坏笑都不见了。我和张羽一下子被人们围得水泄不通。我大胆地抱起张羽,在人们的欢呼声中旋转起来,我感觉到张羽的手臂把我越抱越紧,我听见了张羽激动的心跳,我忘记了自己为了这场浪漫的策划怎样欺骗了父母,我在终于赢得了的爱情中忘情陶醉。

"二仔子!"人们渐渐散去的时候,我突然听到有人在叫我的乳名,扭过头去看时,竟然是自己的父亲和母亲!他们正静静地站在一旁看着我刚才的表演。

我赶紧撇下张羽跑了过去。父亲一言不发,母亲则用一种从未有过的愤怒的眼神盯着我看。

我刚想开口的时候,父母已经互相搀扶着走出了校门,临走之前,母亲把二百元钱和一张医院的采血单扔在我面前。后来我终于明白,原来匆匆忙忙接到我电话的父亲听说我病了,连夜卖掉了家里的两头猪,第二天给我汇完钱后害怕我有所闪失,就决定乘当天下午的长途汽车来看我,临行前再也拿不出一分钱的父亲到县医院卖掉了三百毫升鲜血,准备用卖血换来的二百元钱给我买营养品。可是他们急匆匆地从长途汽车站赶来时,看到的却是他们的儿子用他们的血汗钱讨女孩子欢心的一幕!

若干年后,我已经研究生毕业,成了一家大型公司的副总,知道真相的张羽并没有离开我,相反却义无反顾地嫁给了我。父母也已离开了乡下的老家,搬过来和我一起住。父母从未跟任何人提起过去,但那张已经泛黄的卖血收费单却被我永远地珍藏着。

尽管那张小小的单据上"林文财、采血300cc"的字早已模糊了,但只有我知道,那永远是我一生中最大的一笔账单,它承载的是一生无法清偿的亲情。

安小多的春天

安小多是在春天才会放飞那一只红风筝的。风筝在微微的风中抖动翅膀的时候,安小多的心里渐渐有了一种说不出的伤心。

安小多是在十八岁那年的春天拥有这样一只红风筝的。那时的天空像海水一样湛蓝,阳光像绸缎一样铺满大地,安小多坐在碧绿的草地上看着天空飘满了花花绿绿的风筝,不由得像小孩子一样飞快地买来了风筝。然而这只风筝却似一个不听话的孩子,无论安小多怎么拉着线跑得满头大汗,都只是顽皮地飘舞了几下,便一头栽在地上。

"呵呵,我来帮你吧。"一道绿色的身影闪过,安小多看到了一个全身军装的大男孩俯身拾起地上的风筝,迎风抛起,轻轻地抖着右手,左手缓缓地放开了线轴,风筝轻轻地摆动着身子,一下子就飞过了头顶,飞过操场边的篮球架,向着天空升腾而去。

安小多望着远去的风筝,再回过头来看着穿一身挺拔的军装的男孩,内心竟有了一种暖暖的感觉。接下来的假期,安小多似乎觉得并不像预想的那么漫长,每天他们都会相约来放风筝。除了放风筝,安小多还喜欢听男孩讲遥远的戈壁滩,讲漫天飞舞的黄沙,讲夕阳西下时的驼队,一切的一切,对于大二女生安小多来说,都是那么美丽而神奇,像梦一样遥远,像迷一样神奇。男孩在新疆当兵,而新疆对于安小多来说,永远是梦一样的地方,确切地说,在安小多的心里,男孩就是她的梦。

回到学校,安小多和男孩成了无话不说的好朋友,他们会写信、聊 QQ,偶尔也打打电话,虽然不曾道破,但安小多的心里知道自己的初恋已经给了这个叫李军的当兵的男孩。放假的时候,安小多告诉李军,说自己想去看他,可是李军总说兵营都是男的,她去会很不方便,因而她也断了去看他的念头。

大学的时光很快过去了。毕业了的安小多回到家乡那座小城,整天忙着找工作,疲于奔波,每每夜晚回到家里时,躺在床上,脑子里总会像过电影一样,红风筝,青草地,一身橄榄绿的男孩,哪一样都会勾起内心的疼痛。她在等待中伤心,也在伤心中绝望,然而,始终没有他的消息。半年后,她终于忍不住打他的手机,却是空号,一颗心便从此凉了下来。她想,也许她始终就是他生命中的过客吧。

家里有人来提亲,对方是教育局长的儿子。母亲不失时机地撺掇,理由是对方的父亲可以为她安排工作。想起那个春日阳光下仰视着渐飞渐高的风筝的那一张轮廓分明的脸,安小多的泪水轻轻地滑落了下来,点头应允。看着母亲兴高采烈的样子,安小多的心里却像针扎一样疼。也没理由去责怪母亲,早年丧夫的母亲一手供养她上大学,现在为了一份安身立命的工作,她也宁愿失却那些记忆。

像许多人一样结婚,在县城最好的学校教书,安小多的生活逐渐顺水顺风,一切变得得心应手起来。丈夫儒雅而体贴,生活富裕而美好,而有关那个春天以及风筝的记忆,逐渐变得模糊而又遥远起来。

在学校里,安小多是教学能手,在家里,安小多是贤妻良母,总之,一切平常人的幸福,似乎安小多都拥有了。如今的安小多,常常是别人羡慕的对象。

去遥远的戈壁沙漠看看,一直是安小多的梦想。在一次省里的优质课评选中,安小多成为县里唯一一位获奖的教师,而且奖品就是一次自选游的机会。安小多告别了丈夫和母亲,以及去海南的其他获奖老师,独自一人去了大漠。

在戈壁滩上看落日,夜晚在一处小镇住宿,听导游说此处有一座四英雄山,安小多便执意要去看看。原来所谓的四英雄山,却是一处因救火殉职的军人的公墓。走过一排墓地,忽然看到前方一块墓碑上刻着"烈士李军之墓"六个大字,安小多的心突然猛地沉了下去。

墓碑的照片上,分明是那张在春日的阳光下仰望着风筝的充满朝气的脸。扶着墓碑,安小多差点儿倒了下去,还好身后的守墓人扶住了她。通过守墓人的讲解,安小多才知道,那一年的一场大火,早已将她的记忆,封存在了那个明媚的春天。

回到家里的安小多,像是着了魔似的安静,常常会静静地发

全民微阅读系列

呆,直到母亲喊过很多次才回过头来直直地盯着母亲。母亲吓坏了,却不知道该说什么。安小多就问:"那些信呢?"母亲颤抖着手打开箱子,厚厚的一摞信件便露了出来。安小多忽然想起,在等待李军来信的日子,明明听见邮差在门口喊取信,等到去拿时却看见母亲急急忙忙地说送错了,原来母亲为了让她嫁给局长的儿子,便私自扣了那些信。

一封一封地拆开,安小多的泪水就一层一层地涌上来。最后一封信是用特快专递,里面是一只折叠式的红风筝,一只美丽的红色蜻蜓,红色的翅膀,墨绿的身子上面画了一支箭穿过了两颗心,上面写了"爱情号"三个小字。里面的一张便笺上写道:"小多,不知道为什么总收不到你的信,也许我们本来就是两个擦身而过的人吧,我无法忘记的是那个春天。就让这只红风筝带给你春天般的心情,也许这是最后一次给你写信,但我还是希望你永远幸福快乐……"

春天很快就来了,安小多终于学会了放风筝。安小多轻轻地抖手,缓缓地放线,那一只红风筝便飞上了高高的天空,高过了操场上的篮球架,高过了街边的楼房,高过了远处的群山。身后响起了丈夫和孩子的欢呼声,望着北方的天空,安小多的泪水再一次模糊了双眼,手中的风筝却突然挣脱了线,渐渐消失在了高高的天空。

谁都知道我爱李小珊

　　第一次看见李小珊是在十七岁那年的那个阳光灿烂的夏天。

　　校园里的合欢花开了的时候,他正抱着篮球从操场跑回校园,绕过一棵开满鲜花的树,满地的阳光像一道金色的流水淌过干净的草坪,树荫下一袭白裙若隐若现,一个美得像画中人一般的女孩正坐在花坛旁边的草地上,静静地读着一本书。也许是他的莽撞惊扰了她,女孩抬头望了他一眼,一道如水的目光向他飘来,也飘进了他的心里。一瞬间的对视中,突然有了一种柔柔的感觉从心底缓缓升起,那个夏天的剪影就此在他的记忆中定格。

　　常常在黄昏的合欢树下,他一个人流连在花坛旁边,默默地等待,只是为了看她一眼。他知道她爱看书,并且已经偷偷地打听到了她的名字:李小珊,一个和她人一样美丽的名字。

　　他知道她爱看书,而且还会写那些飘着淡淡的惆怅的诗。于是他开始钻进学校图书室,专门找那些朦胧的诗歌来读,在淡淡的感伤中写诗,写那些充满忧伤但飘扬着青春的句子。

　　真正认识她是在学校文学社的聚会上。他大声地朗读着自己偷偷写给她的诗,看着她认真听着的样子,他的内心开心极了。

　　文理科分班的时候,他终于如愿以偿地和她分到了一个班,渐渐地对她熟悉起来。他知道她的家庭条件优越,而他却是班上最不起眼的男生,永远是一身洗得发白的蓝色校服,窘迫的家境让他在同学面前抬不起头来。

那一年夏天,照例是暑假补课,全班的学生都在酷热中慷懒地听着老师喋喋不休,却独独少了李小珊。看着李小珊空荡荡的座位,他的心里像是被掏空了似的。后来班主任组织大家到医院看望李小珊,他这才知道李小珊原来是病了。班主任通知大家每人准备一件礼物时,他既兴奋又焦急。整整一夜,他用在操场上捡来的武警中队打靶训练时留下的子弹壳为她做着一只金黄色的项链坠子,用在化学试验室偷来的金属锡焊接,在水泥地板上一遍遍地打磨,用红色的毛线串起来,终于为她做成了一条金灿灿的项链;然后偷偷地写了平生第一次写给女孩的纸条,装进正中稍长的那个子弹壳里,轻轻地塞上铅弹。那张纸条里藏着他全部的心事。

阳光灿烂的午后,班主任带着他们走进病房时,他看着同学们各式各样的礼物,终于鼓足了勇气把自己那条最不起眼的项链放在李小珊的床头,涨红着脸逃了出来。

夏天终于过去了的时候,李小珊的身影又回到了教室。他像一个等待审判的犯人一样忐忑不安,既害怕李小珊看不到那张装满自己心情的纸条,又害怕李小珊看到后再也不理他。

终于在一个宁静的夜晚,翻开书包的时候,他看到了那条项链,它完好无损地躺在自己的书包里。他的心情一下子跌入谷底。

那一晚,他流泪了。一个人独自买来了一瓶酒,他在教室里醉得一塌糊涂。借着酒劲,他在黑板上写下了"林墨涵 Love 李小珊"几个大字,然后沉沉地睡去。他要看看李小珊看到这些之后气急败坏的样子。

第二天早上,先是同学们的哄笑声,接着是上早读的语文老师的追问声,再接着是李小珊嗡嗡嘤嘤的哭声。他笑了,他要的就是这个效果，他要的就是让所有人知道他爱李小珊。后来他被班主任叫去谈话，再后来他和要求他通知家长的校长大吵了一架，在愤恨中夺门而出，离开了校园。

后来他去了南方。

在南方的日子里，他拼命地赚钱养活自己，拼命地读书，通过自学拿到了大学文凭，再回到小城时，他已考上了小城政府机关的公务员。而那条黄铜项链，他一直珍藏着。

十年的时光如那年夏天的阳光，无声无息地轻轻淌过。十年里，他一直关注着李小珊，知道她远嫁他乡，知道她在被丈夫抛弃之后疯疯癫癫地去了另一个世界。后来他终于和一个长得和李小珊十分相像的女孩结了婚，而且很快有了女儿，日子过得像水一样波澜不惊。

那一天，他照例外出应酬，回来后，看到女儿正在把一条锈迹斑斑的子弹壳项链往脖子上戴着，原来是妻子在一堆杂物中找出了它。他慌忙地从女儿手中抢过来，啪的一声，项链落在了地上，中间稍长的子弹壳上的铅弹掉了下来，一张发黄的纸条掉了出来："你相信吗墨涵？这是我收到的最好的礼物，从你站在阳光下的讲台上读诗的那一刻起，我就喜欢上了你……"

纸条上沾满了绿色的铜锈，字迹早已模糊不清，但落款上"李小珊"的字迹依稀可见。他搂过一脸疑惑的妻子，轻轻把纸条揉成一团，又轻轻地展开，再用打火机点燃，看着轻轻的烟雾散去。没有人看见他脸上那淡淡的泪痕。

与一只梅花鹿有关的爱情童话

　　我至今还清楚地记得,那天是情人节,一个属于天下有情人的节日。

　　带着丁子回到老家的山村,只是想给他一个惊喜。从小在城市里长大的丁子,是从来没有见过山里是什么样子的,因而就乖乖地跟我回去了。我们将在老家的小山村里度过这个幸福的假期。

　　跟我回到家里后,母亲看到这个瘦瘦的戴着眼镜的未来女婿时,乐呵呵地忙活开了,张罗着为我们做饭。

　　整天只知道傻乎乎地坐在电脑前忙忙碌碌的丁子果然对山里的一切都感到十分新鲜,刚吃过饭就缠着我带他爬山。那时雪后初晴的山野一片银装素裹,山里的世界显得格外干净,满眼纯洁的白色。

　　沿着曲折的山路,我和丁子互相搀扶着终于爬上了老家屋后的山顶,我们就在满世界的白雪中疯玩起来。丁子堆好了一个大大的雪人,然后一边把冻得通红的双手放在嘴边呵着热气,一边含情脉脉地对我说:"这好像就是你,永远那么洁白无瑕,一尘不染,就算是有一天融化成水了,也会一直流进我的心里,滋润着我的生命,直到老去的那一天。因为它就是我的生命里永远的雪儿……"

　　轻轻地倚在丁子的肩头,我的眼泪却悄无声息地流了出来,落在雪地上。只为了四年来一直期待的那句话吗？四年了，我竟然不知道整天只知道玩命地工作的丁子也有感情细腻的时候。丁子永远是一个优秀的男孩，短短两年时间就从一个默默无闻的业务员成长为一家大公司的部门经理，这和他的才华是分不开的。

从和丁子相恋开始，丁子总是默默地为我做着一切。那时的丁子，是一块没有被人发现的金子，也曾经为找工作四处奔波，也曾经一无所有，然而他却心甘情愿地为我付出一切。他常常对我说，雪儿，是你给了我力量，你是我一生唯一的宝贝。然后，丁子会深情地看着我，直到我像一只温顺的小猫一样扑到他的怀里。

然而，我们之间却自始至终并没有发生什么。丁子是一个诚实的负责任的好男人，我们在四年恋情中的举止仅止于相拥与热吻，这和外面的世界是多么格格不入，但我喜欢。我更加地信任我的丁子。

现在，我和我的丁子相拥坐在这满世界的白雪之中，我突然有了一种冲动，我要把自己，把丁子最心爱的雪儿完完全全地交给他，交给这个我将托付终身的男人。我轻轻地抚摸着丁子棱角分明的脸庞，喃喃地对丁子说："丁子，我……"

丁子的身体战栗了一下，我想丁子会感觉到我内心的灼热。果然，丁子垂下眼睛默默地看着我，然后猛地搂紧了我，我默默地闭上了眼睛。在老家屋后的冰天雪地里，我和丁子，我们像两团炽烈的火焰，相互把自己融入了对方的生命。

黄昏时分，我们下山。突然，丁子说："雪儿，你看。"我远远地望去，山下的岩石下边有一团黄褐色的东西在轻轻蠕动。

我们飞奔着下山，原来是一只刚出生不久的美丽的小鹿。显然，它已经摔伤了，后蹄渗出的鲜血把雪地染红了好大一片。它静静地蜷缩着,眼睛里流露出一丝惊恐和无限的悲哀。

"我们把它带回去吧。"丁子说着脱下了上衣,裹住小鹿,然后把它轻轻地放在我的怀里。

回去的时候,我们带着小鹿来到了属于我们的城市。

养好伤的小鹿愈加显得温顺可爱了,它像一只美丽的精灵,时常在客厅里踱来踱去。只要一遇到陌生人进来,它就飞快地逃进卫生间我为它用纸箱做成的窝里。它好像和我前世就有着某种默契似的,对我十分温顺。每天下班回来,累得快要散架的我轻轻地给它洗澡时,它总是温顺地接受我的抚摸。每次洗完澡,它总是轻轻地跳上沙发,抢吃着我手里的饼干。这只来自家乡的小鹿,给客居都市的我带来了无限的快乐。

每次见我像搂着孩子似的搂着小鹿时,丁子总是大呼小叫地说:"真是有缘啊,它和你一样可爱呢,大概是你前世的精灵吧。"说完,用一丝带有醋意的目光微笑地看着我。

我相信丁子,他和我一样喜欢着那只来自家乡茫茫雪野的小鹿。因为它在丁子的眼里像是我前世的化身,它的全身充满了家乡山水的灵性。

情人节那天,我对丁子说我不要任何礼物,因为他已经帮我找到了前世的精灵,这就是我生命中最美的礼物。

然而,丁子还是坚持买了玫瑰花和巧克力。回家的时候,我没有看到我的小鹿从卫生间里跑出来迎接我。我找遍了房间里的每一个角落,没有。我回头愕然地望着丁子。

"那只鹿我已经送给我们老总了。"丁子轻描淡写地说。

"你?!"我有点儿愤怒地逼视着丁子。

丁子若无其事地说:"快收拾一下,我们到老总家里去,老总邀请我们晚上参加他家的聚会呢。"

我懒懒地化了淡妆,心里空落落地出了门,跟着丁子上了车。我想,我一定要讨回我的小鹿,那一只半年来一直陪伴着我的精灵。

　　到了老总家里,人不多,只有老总一家人和丁子的几位同事。我一眼就看见我的小鹿被捆成一团扔在卫生间里。我分明看见它两眼流露出无助与哀伤,透过卫生间虚掩的门缝看着我,目光仿佛深深地穿透了我的灵魂。

　　"张总,那只小鹿……"我语无伦次地开口,却不知道该如何向丁子的老总要回我的小鹿。

　　"你……"丁子的脸色一下子变得纸一般苍白,目光直直地盯着我,有些无助,有些恼怒。

　　张总热情地招呼我们坐下来,然后说:"哦,那只鹿,小丁送的,在这大都市可是难得一见的野味哦,听说它来自你老家的山区?"

　　我狠狠地瞪了丁子一眼,丁子只顾低眉顺眼地和张总说话,头也不回。

　　张总说:"那只鹿可惜太小了一点儿,不过鲜嫩着呢。用人们不敢杀,小丁你去帮她们一下吧。"

　　丁子唯唯诺诺地应和着,拎起那只小鹿进了厨房。

　　不!我不顾一切地扑了过去,可是我的丁子,他全然不顾我的心疼,手中的刀子已插进了小鹿的胸膛,鲜血一下子喷了丁子一脸一身,顺着丁子的右手汩汩地流进了洗碗池里。

　　我的头一阵发晕,脸色苍白地看着我的小鹿做着最后的挣扎。小鹿的四蹄越来越无力,脑袋渐渐地垂了下来,只有那两只眼睛定定地看着我,那充满绝望的目光让我浑身一阵阵地战栗。

　　我在丁子的老总和同事们诧异的目光里跑到大街上,拦了出租车回到了我的小屋。

半夜时分，丁子充满醉意和满足的声音在我的耳边响起："雪儿，我很快就要被提拔为副总了，原谅我，那只小鹿……我也是没有办法了啊……"

我开了灯，只见丁子浑身酒味儿站在床前。他抑制不住自己的兴奋。

"出去!"我对着丁子大喊。

"雪儿，别耍小孩子脾气了好不好？升了职我们就有了希望，有了在这座城市无忧无虑地活下去的资本……"

"你滚!"我起身下床，一把抓起桌子上丁子几个小时前买的玫瑰花，一下子摔到他的脸上，使劲地把他推了出去。我仿佛又看到了那只小鹿绝望的眼神，它透过黑夜望着我，一动不动地盯得我浑身不停地颤抖。那是来自我千里之外的家乡的精灵啊，而我最爱的丁子，却亲手杀了它，并且和他的老总狂啖了它的血肉，只为了那一个副总的职位和在这座城市更体面地活下去。

我看见丁子绝望地垂着头站着。我砰的一声关上了门，脑子里满是那头小鹿绝望而哀伤的眼神。我的丁子，前几天还口口声声说它是我前世的精灵，我以为这就是我这个情人节最好的礼物，然而，曾经深爱的丁子就这样亲手杀死了它。

我突然觉得丁子原来是这样陌生，他骨子里深藏的残忍是我永远也想不到的。我甚至想象，若干年后，当我可以被他当作某种利益交换的筹码时，他会不会把我也像那只小鹿一样奉献出去，为他赚取更大的资本？

第二天，我匆匆地不辞而别，和这座城市，还有曾经深爱的丁子。

许多年后，我再也没有了丁子的消息。

我依旧单身一人，平静如水地生活在家乡的小城里。只是每年的情人节，我都会想起那个情人节，想起一只小鹿，还有丁子。

我渐渐地明白，也许我和丁子都没有错，错的只是那风花雪月的年龄吧。

策划一场轰轰烈烈的爱情

黎黎对我说："老兄，我又恋爱了。"

我抬头看了黎黎一眼，冷冷地回了一句："是吗，恭喜你。"黎黎拉着我的胳膊说："走，哥们儿，喝酒去，我请。"

我不耐烦地推开黎黎。我正为一份广告文案忙得焦头烂额，自然就对黎黎毫不客气。

黎黎安静下来，静静地坐回桌前，用眼角的余光偷偷地看我。这家小公司的策划部，其实只有我和黎黎两个人。每一个策划方案，我总是埋头做一个晚上，做出来的方案总是被老板批得七零八落；而经过黎黎稍加修改，总能换得老板的赞赏。黎黎是一个相当聪明的女孩子，我不得不承认。和黎黎相比，我永远是新手。但黎黎的刁蛮却是我受不了的。染着金黄的甚至是五颜六色的头发，头顶上架着墨镜，把上衣围在腰上，一阵风似的来，一阵风似的去，常常在我埋头苦思冥想时大呼小叫，没有一点儿职业女性的风范。

很多次她都告诉我她恋爱了，可是每当我再问起时，她却轻描淡写地说吹了，一副毫不在乎的样子。看着她那一副放荡不羁的样子，我就会想她的身边肯定有许多形形色色的男人。

和黎黎同在一个办公室，我不得不每天忍受着黎黎的任性与刁蛮。虽然每天早上我的桌上总有黎黎为我冲好的热气腾腾的咖啡，塞得满满的烟灰缸也会被黎黎清洗得干净透亮放在一尘不染的桌子上，但不管黎黎怎样勤快，我仍对黎黎表现出极度的不耐烦。

黎黎总是在我伏案写作时弄出各种各样的声响，等我恼怒地瞪着她时，她却朝我挤眉弄眼地做着鬼脸；当相恋多年的女友弃我而去时，黎黎偏偏要在我痛苦万分时告诉我她又恋爱了，并唠唠叨叨地说她爱上的男人多么优秀，等我忍无可忍大吼一声你有完没完的时候，她又像一只受到惊吓的小兔子缩在角落里用两只眼睛偷偷地瞄着我，一副可怜无辜的样子。黎黎还总在我因做不出策划而熬得两眼通红时强拉我出去喝酒，把我灌得烂醉，然后第二天一早拿着替我做好的方案去向老板邀功请赏。总之，我实在烦透了黎黎这样一个女人。

但黎黎还是帮了我大忙。那天老板说："扬子，你最近进步很大，从今天起由你来做策划部经理吧。"我明白，这个经理应该是黎黎的。我看黎黎，黎黎正笑眯眯地看我，我知道这都是黎黎每次把我灌醉后替我完成策划方案的结果。

但我还是讨厌黎黎总向我炫耀她的恋爱。在黎黎又一次告诉我她失恋的时候，我说，我来帮你策划下一场恋爱如何？

黎黎拽着我的胳膊说："好哇！"

黎黎问我怎样策划她的下一场恋爱，我说："像你这么漂亮的女孩子应该有一场轰轰烈烈的爱情才对，应该找一个成功男人。对了，什么叫成功男人？就是有车有房有事业的那种男人。年龄嘛，应该在四十五岁以上，四十五岁以上是事业最稳定的阶段嘛。"

黎黎瞪着大眼睛望着我,我说:"不信吗？我女朋友就是这样,跟着我她会受一辈子苦,所以选择了和我分手。"

黎黎说:"好吧,那我下一场恋爱的男主角是谁？"

我说:"丁诚怎么样？"黎黎说:"亏你想得出来,那样一个老男人。"

我一本正经地说:"老男人又怎么样？你怎么连我女朋友都不如？难怪总是失恋。"

丁诚是我哥们儿的老板。一个钱多得没处放的男人,当然,女人也多得遍地开花。去丁诚的公司做业务时,我特意向丁诚介绍,这位是黎黎小姐。果然丁诚一见黎黎就两眼放光。

后来的事情果然就像我所预期的那样,黎黎不再烦我了,而是丁诚每天准时来接黎黎。

然而持续一段时间后,我发现黎黎变得沉默起来了。我幸灾乐祸地问起黎黎这场轰轰烈烈的爱情结局如何时,黎黎狠狠地瞪了我一眼说:"我恨死你了!"

我暗自得意,我的"阴谋"总算"得逞"了,只要黎黎这样的女人不再烦我就行,我需要独自一个人静静地抚平内心的伤口。然而每次抬头看一眼静静地坐在对面办公桌前的黎黎,我总觉得有些尴尬,毕竟我的恶作剧有些太过头了。

每天早上,黎黎照旧会把一杯热咖啡放在我的桌子上,把我的办公桌擦得一尘不染,然后回到自己的桌前默默地做自己的事情。

终于,黎黎要辞职了。黎黎说她要去西藏,去海南,去天涯海角,去任何地方。总之,她不愿再见到那个差点儿把她推进一个流氓的怀抱的恶毒男人。我知道黎黎说的是我,想不到看似放荡不羁的黎黎却是极其认真的女孩子。我开始感到十分内疚。

"死扬子,恨死你了,如果有可能的话,我要把你抛进海里喂鲨鱼!"黎黎竟然真的去了海南,在天涯海角给我发回第一条短信。

"臭扬子,我终于看见了传说中的天葬仪式,如果让我变成那些尖爪利嘴的鹰,我会掏出你的心,一下一下把你啄成一具骷髅,看你还是不是那样可恶!"黎黎又在青藏高原给我发来短信。

"扬子,戈壁滩的落日很美,我在大风扬起的风沙中为自己掘了一个坟墓,埋掉了一些记忆,也包括你,因为我永远恨你!"

"扬子,我病了,在一个不知名的小镇的旅馆里,这些都是你这个混蛋造成的,我发誓恨你一辈子!"黎黎在不同的地方给我发着短信,痛快淋漓地骂我。

我以为没有了黎黎的纠缠我会更加平静,没想到每到夜深人静的时候黎黎发回的短信总是让我失眠,除了对黎黎的内疚,更多的却是悄然滋长的思念。每天走进办公室,再没有人对我大喊大叫,然而我的思想却无法集中到工作上来,没有了黎黎的喋喋不休,我也就没有了灵感。

再也没有人在下班时拉着我的胳膊说,哥们儿,喝酒去!然而下班后我总是一个人在酒吧里把自己灌得烂醉如泥,然后给黎黎发着短信:"黎黎,原谅我好吗?我醉了,一个人在街上……我想你,我永远不会再伤害你了,好吗?"

没有黎黎的回音。几个月了,每天夜里我总是一遍一遍地给黎黎发着短信。尽管黎黎没有一点儿消息,但黎黎对我来说,已经越来越重要了。

再一次收到黎黎的短信时,外面已经是白雪皑皑的世界了。黎黎在短信中说:"死扬子,我回来了,真要向我道歉的话,速到护城河边的第五个亭子里,把一个雪球捧在手上,直到我原谅你。"我赶到护城河边的第五个亭子里,深夜的寒风冷得我彻心彻骨。把一个大大的雪球捧在手上,我想着黎黎,黎黎还是那样的刁蛮任性,而我却是如此牵挂着她。

倚着冰冷的石凳,我仰望着模糊的天空。我不再责怪黎黎的任性,只要黎黎能够原谅我,我宁愿这样坐到天亮。想着,我默默地闭上了眼睛。

天空开始发白的时候,我感觉到有冰凉的东西滴落在我的脸上。睁开眼睛,我看见黎黎迅速缩回头去。看到我瞪着眼睛,黎黎马上又是一副顽皮的模样。"怎么样,滋味够受的吧?"黎黎嬉笑着说。

我说:"黎黎,对不起,丁诚没有把你怎么样吧?"说着我想站起来,却一头栽倒在地上:我浑身已经冻僵了。

黎黎抱着我哭了:"傻扬子,没想到你真会这样。"黎黎说:"丁诚那个老色鬼能把本小姐怎么样?这个笨蛋动手动脚的结果是被我灌醉成一摊烂泥,然后打电话叫来他的黄脸婆收拾了他一顿,本小姐才不那么笨呢!"

黎黎成为我的新娘的那个晚上,我问黎黎有过那么多男朋友为什么还会爱上我,况且我还差一点儿让丁诚占了她的便宜时,黎黎倚着我的肩膀哭了,泪水打湿了我的肩头。黎黎说:"臭扬子,人家什么时候有过男朋友了?你见了吗?"

我说:"不是你整天唠叨说你恋爱了吗?"黎黎一把揪住我的耳朵说:"我说的男朋友就是你呀,死猪头!"

拥着黎黎,我的心底升起一丝暖暖的感动。这个顽皮的人儿,收获扬子那颗早已冷却的心才是她一生最成功的策划。

爱上李红梅

"啧啧,李红梅真是太漂亮了,长大俺要娶她做媳妇!"二小边说边直愣愣地瞪着圆圆的死鱼眼睛,口水顺着斜到耳根子上的嘴角流了下来,一副电影里日本鬼子见了中国妇女的模样。

我看看大毛,大毛看看我,我们俩哈哈大笑起来,随即拳头像雨点一般打在了二小的头上。

二小抱着脑袋,蹲在地上嗷嗷大叫。大毛边打边说:"就你那张丑疤脸,李红梅不被你吓死才怪呢,也不撒泡尿照照自己的模样!"

我们俩正揍得起劲,不想二小的怪叫声却引来了我爹。我一眼瞥见我爹拎着一根柳树条子向我走来,拉起大毛飞快地跑了。

我们气喘吁吁地躲进大毛家的竹园里的时候,大毛还气呼呼地说:"二小这狗日的,还敢打李红梅的主意!"

我怒不可遏地一脚踹断了一棵半尺高的竹笋子,一边愤愤地说:"这个疤脸怪!"

我觉得在我们笨篱沟村,只有我才配喜欢李红梅。我爹是我们笨篱沟村小学校长,李红梅他爹每年向镇上要救济粮的申请都是我爹帮他写的,所以李红梅他爹见了我爹比我见了我爹还亲呢。李红梅是我们笨篱沟村最漂亮的女孩,大人们都这么说,我和大毛当然也这么认为。我知道大毛和我一样也暗暗喜欢着李红梅,可是要娶李红梅做媳妇这样的话,竟然从二小那张嘴巴里说出来,这让我和大毛十分生气。

我和大毛见了二小就揍,可是二小却像着了魔一样黏着李红梅。我和大毛见一次就揍一次,可二小还是那副德行,远远地只要看见李红梅的身影,就像木头一样呆住了,斜到耳根的嘴角口水流了好长,完全忘记了自己的疤脸是多么难看,弄得我和大毛连揍他的兴致都没有了。

秋天的时候,我和大毛去了镇上上初中,而二小和李红梅却留在了笊篱沟村。二小不去镇上是因为害怕我和大毛揍他的时候我爹再也管不着了,李红梅却是因为她爹再也拿不出钱来供她读书。

但是我和大毛还是喜欢着李红梅。镇上的那些女孩子,虽然穿得比李红梅漂亮,但没有一个有李红梅那样的细长腰、白脸蛋和清澈如水的大眼睛。所以我和大毛放假回来还是总爱找李红梅玩,我们夺下李红梅的挎篮,扔给屁颠屁颠跟在身后的二小,看着他弓着身子给李红梅割猪草,然后拉着李红梅坐在地头看刚刚扬花的玉米飞起一阵阵淡黄色的粉末。

后来我和大毛上了县里的高中。再和大毛说起李红梅时,听说十六岁的她已经被她爹嫁给了一个三十多岁的男人,这个男人给了李红梅她爹很大一笔钱。李红梅就这样渐渐淡出了我们的记忆,听说只有二小还时常偷偷地跑到邻村,淌着口水远远地望着李红梅,据说他还因此被李红梅的男人给打跛了一条腿。

再后来,我上了大学,毕业后在县城上班。大毛也从一个矿上的工人成了矿老板,在县城买了别墅。当了老板的大毛没有忘记我这个儿时的玩伴,我们时常在一起喝酒,喝多了也会说起李红梅,还有二小。

大毛告诉我,李红梅一直生活得很可怜,已经嫁了第三个男人。当年那个男人常常喝醉了酒就往死里打她,懂事了的李红梅就毅然决然地离了婚。嫁的第二个男人开着农用车走村串户换米面时翻车摔死了,嫁的第三个男人在煤矿干活时又被石头砸伤了腰椎,一辈子瘫在了床上。而二小,因为一张疤脸至今还是孤身一人,却仍像当年一样,整天围着李红梅屁股转,偷偷地帮李红梅干地里的活儿,默默地供着李红梅的三个孩子上学。尽管李红梅瘫在床上的男人恨不得跳起来吃了他,可是二小依然像一条赶不走的狗一样围着李红梅转悠着。

我当上局长的时候,单位里那个新分来的女大学生拿着怀孕的报告单来逼我离婚,弄得我方寸大乱。那天我和大毛喝完酒,大毛趁着酒兴说:"哥,咱回一趟笊篱沟村,清静两天,咋样?"

我们驱车回到笊篱沟村的时候,正赶上李红梅家里在办丧事。我以为是李红梅的瘫痪男人死了,结果不是,原来死的是二小。李红梅顶着瘫痪男人一声声不堪入耳的骂声,在为二小操办丧事,而且还办得十分隆重。一个黄昏,二小帮着李红梅驮一袋化肥过河,突然下来的山洪把李红梅冲倒了,二小救起了李红梅,自己却被洪水冲到了五十多里外的邻县,捞起来的时候早已被石头撞得没了人形,但怀里还死死地抱着李红梅的一只塑料凉鞋。

见到李红梅时,我们几乎找不到一丝当年的影子了,当年那个水灵灵的人见人爱的李红梅,早已不复存在了。李红梅的瘫痪男人仍在一声比一声高地骂着,李红梅却全然不顾,只是怀里抱着二小的遗像,嘤嘤嘤嘤地哭着,嘴里一遍一遍地喃喃自语:"二小,俺对不起你,下辈子你就是再丑俺也要做你的女人……"

我看着大毛,大毛的眼里竟然湿湿的。我们偷偷地给李红梅家的柜子里放了两千块钱,然后走了出来。

回去的路上,大毛说:"狗日的二小,死了也值呀!"

我没有说话。我突然觉得，和二小比起来，我真的没有他幸福，我的大学真是白念了。

暗恋是青春最美的花蕾

呼呼的北风吹得窗外金黄的白杨树叶子上下翻飞，那些树叶子像极了一群金色的鸟儿，翩翩飞舞着。和这些鸟儿一起飞舞的，还有陈冬冬那一颗青春萌动的心。

站在讲台上，我轻而易举地就发现了陈冬冬的小心思。我一边装作若无其事地继续讲课，一边不动声色地观察着陈冬冬的一举一动。果然，我发现陈冬冬的心并不在我口若悬河的讲解上，他一直怔怔地看着前排的夏小媚，目光随着夏小媚头上那只蝴蝶发卡摇来晃去，游移不定。我一边讲着舒婷的《致橡树》，一边思考着该怎样处理这件事。

接手这个班的时候，我就大致了解到，夏小媚的家庭条件优越，是高傲的公主，而陈冬冬来自农村，母亲在他上小学的时候就已经去世了，靠着父亲打零工支撑着风雨飘摇的家。一只内向、自卑而又敏感的丑小鸭爱上了活泼、开朗而又骄傲的白天鹅，这怎么可能？找他谈谈，直接揭穿他的小心思，还是装作不知道，任其自然？我思考了好久，还没想出一个好的对策。我明白，十六七岁的少年对于爱情的憧憬，处理不当都会适得其反的。

那一天刚上课，我就看到了夏小媚翻开语文书的时候愣了一下，然后抖了抖课本，把一张折成心形的纸条抖落在地上，再然后撇了撇嘴,不动声色地坐在自己的座位上。我假装检查作业,走过去用脚轻轻踩住那纸条,然后故意把教案掉在地上,弯腰捡起来的时候,我把那张纸条悄悄夹进教案本里。回到讲台上,我偷偷地瞥了一眼陈冬冬,见他正呆呆地看着窗外飞舞的落叶,一副心不在焉的样子,我在心里为他叹了口气。

那个晚上,我在灯下轻轻打开了一个少年的心事。陈冬冬的信写得十分优美,看得出这个少年细腻的心灵和深厚的文字功底。那是一封语言像诗一样优美、感情真挚而又不失含蓄的情书,从这样一个自卑的男孩的手里偷偷放进一个高傲的女孩的课本里,这需要多大的勇气呵。

很快,我做出了一个大胆的决定。我先是模仿着夏小媚的口气写了一封信,然后照着夏小媚的作业本,仿照夏小媚那种清秀的斜斜的"三毛体"重新一个字一个字地抄了一遍,在结尾写道:青春是人生明媚的早晨,暗恋是内心最美的花蕾,让我们彼此用心灵呵护,不要过早地去催开它,安静地等待花儿绽放的那一天……

第二天,趁着早读课间的时候,我偷偷地把自己熬夜完成的"杰作"放进了陈冬冬的书包,然后开始上课。我还私下找过夏小媚,以朋友的名义请她多和陈冬冬交流,直到他们成了好朋友。只是,那个秘密只有我知道。

从此,陈冬冬像是换了一个人似的,开始发奋学习,后来他们双双考进了大学。多年以后,陈冬冬成了全国有名的青年作家,他的作品以文字清新、充满温暖的力量而畅销。他和夏小媚都回到了家乡,在我们这座小城的文化部门工作,而且真的成了恋人。

陈冬冬结婚的时候,特意邀请了我。在婚礼上,按照我们这座小城的习俗,要当面拜谢媒人。当主持人宣布仪式开始的时

候,他们双双向我三鞠躬。正在我疑惑的时候,陈冬冬念了起来:
"暗恋是内心最美的花蕾,让我们彼此用心灵呵护,不要过早地
去催开它……"

"最要感谢的是我的老师,是他用善良的心维护了一个十七
八岁少年脆弱的心,让他内心那朵最美的花蕾终于等到了绽放的
那一天! 就在昨天晚上,我才从小媚那里知道这些……"陈冬冬
大声说道,婚礼现场响起了热烈的掌声。现在,轮到我面红耳赤
了,我的心里和他们一样,溢满了幸福和甜蜜。

每个坏孩子都有一片纯净的天空

"向小磊,不报此仇我誓不为人!"我常常对着向小磊那瘦长
的身影咬牙切齿。向小磊却浑然不知,依然像一只混进鸡群的黄
鼠狼,大摇大摆,我行我素。

最初结下梁子,是因为张子默,张子默是我的同桌。我厚厚
的几本日记里,全部凝聚着一个十七岁女孩最初的情感,那就是
张子默。那天我在一张淡蓝色的信笺上写下一首情诗,题目是
《致 ZZM》,偷偷地放在张子默的文具盒里,然后悄悄地溜了
出去。

晚自习铃声响过,我走进教室,先是一片寂静,接着是哄堂大
笑,男生们一脸坏笑地看着我,女生在叽叽喳喳地议论着什么。
扭头,只见向小磊正在讲台上读着我写的情诗,故意拖着怪腔怪
调,而张子默在一旁愣着。

我飞快地冲上讲台,啪地打了向小磊一耳光,趁他一愣神的机会,拉着张子默坐到座位上。向小磊讪讪地走下讲台,把那张淡蓝色的信纸揉成一团,装进了口袋。经过我身边时,他恶狠狠地说:"要不是看你是个女的,老子灭了你!"

我怕得要命。那时是高三,如果有人把这件事告诉老师,那么等着我的将会是老师们轮番上阵的教训、父亲暴怒的耳光和母亲无休无止的劝说。然而,向小磊敲着桌子低声说:"今天的事儿,谁要是出卖我,老子一定让他死得很难看!"教室里很快恢复了平静,一个星期、两个星期,班主任没有叫我去谈话,父母也没有问起什么。看来,向小磊这个混混,的确没人敢得罪。向小磊依旧在教室东蹿西跳,偶尔会用眼角的余光睃我一下。而倾注了我所有感情的张子默,却从此见了我躲得远远的,连上课也不敢越过桌子上的分界线一寸。

我愈发恨向小磊,希望这个恶魔早点儿死去。不久,向小磊就辍学了。从此,那个瘦长的身影淡出了视线,但那恨却刻在了我的心上。

几年后我和张子默大学毕业回到家乡,我们成了一对真正的恋人。因为我那当副县长的父亲,我们双双进入了政府机关。子默更是青云直上,不到十年就坐上了局长的宝座。父亲退休后,不再需要父亲提携的张子默在外面有了女人,我们的婚姻走到了尽头。而向小磊,也从一个满眼凶光的小混混变成了一个安静沉默的中年男人,在小城开着一家酒吧。我们时常见面,却谁也没有理过谁,仿佛从来就没有认识过。

那晚我在离婚协议书上签了字,流泪出门,我以为张子默至少会有一句安慰的话,但没有。张子默只是冷冷地说:"房子留给你,再给你二十万元作为补偿,我没有亏待你。"

不知不觉来到了向小磊的酒吧，我一边喝酒，一边想着怎样痛快地结束自己。每当我一饮而尽时，我就会看见向小磊在不远处看着我，目光里满是探询。

摇摇晃晃地出门，向小磊在后面跟着我。我在心里说，想看我笑话是吧，让你看个够！然后，我跟跟跄跄地向一辆疾驶的汽车扑去。在接近汽车的一瞬，一股巨大的力量把我推向街边，接着砰的一声，我失去了知觉。

醒来的时候，听人们说，是向小磊救了我。那一刻，他奋力推开我，自己却被汽车撞飞。人们在他手上发现了那张淡蓝色的信笺，沾着斑斑血迹，却怎么也掰不开他的手。

高中同学小雯来看我时告诉我，其实向小磊并不是我想象中那个一无是处的小混混，他从小被父母遗弃，这个世界上没人给过他爱，凶狠是他维护自尊的武器。小雯说，其实他一直喜欢你，只是不敢告诉你。小雯还告诉我，关于那首情诗，张子默拿出来在男生面前炫耀，说只要攀上我父亲这棵大树，以后上大学、找工作都不会成问题。是向小磊看不过去，揍了他一顿，把他拉上讲台要他承诺一辈子对我好。

泪水再一次涌了出来，我的眼前似乎又晃动着向小磊那瘦长的身影，他手里拿着那张淡蓝色的信笺，一脸装出来的玩世不恭，像是十年前那场青春年少的往事，在一片清澈明净的天空之下轻飘飘地浮动着。这个曾经如此可恨的人，此刻却是那么高大，只是他的影子越来越远，向着天空飞去。

我的心剧烈地颤抖着，疼痛瞬间将自己淹没。

第三百八十六封情书

默默地翻开他的那些已经泛黄了的信件时，她的心里又一次泛出了一种淡淡的说不清道不明的感觉，三百八十五封来信，仿佛一条闪闪发光的链子，串起了她十年的青春。

偶然地从网上搜索到他的个人网站时，看着他一如当年的文字渐渐变得成熟，看着照片上的他仍是那般快乐且充满自信的样子，她眼睛渐渐变得模糊起来。她似乎又看到了十年前的往事，近在眼前，却又远在天涯，一切都如昨夜的梦境一般远去。

可她还是忍不住拨通了他的电话，号码是她从他的博客资料里看到的。接通后依然是那个充满磁性的声音，一阵紧张之中，她连自己是谁都说不出来了，只是断断续续地重复着他和那篇让他们得以相识的文章的题目，可是他还是准确地叫出了她的名字，一如十年前一样亲切。那一刻她的泪水就不由自主地滑落了下来。

十年前，她和他相识于他的一篇文字。他们都有着同样的境遇，他的一篇文字让他们成了一对遥不可及却又无话不说的朋友。说不清这是怎样的一种感觉，可在她的潜意识里，她仍然把他的每一封炽热的来信当成自己一生中收到的唯一的情书。如今，那些透着淡淡的青春气息的文字，就封存在她桌子上的一个小盒子里，成为青春年少的记忆。

鼓起勇气给他写第一封信的时候，她只是抱着一种无所谓的态度,胡乱地写了一些对他文章的看法,没想到他很快就回信了。每周一封信,靠着一枚小小的邮票,他们之间的那种淡淡的却又心有灵犀的感觉维系了整整四年。他们用那种传统的方式互相诉说着自己的思念,淡淡的文字里洋溢着青春的无限情怀,他们在各自的文字里约定,他们要在同一所大学里相遇,然后寻找属于他们的爱情风景。那时,他在南方一座小城,她在西北一隅,他们相隔数千里,他读高二,她读初三。

四年时光过去,他在他们约定的大学校园里等她,她在遥远的城市埋头苦读。他床头的小盒子里装着她的来信,夜深人静的时候,他会一封一封地读着,直到内心的思念像决堤的洪水一样淹没他的夜晚;她的书桌一隅,也有一个小小的盒子,里面同样装着他的来信,在苦读的间隙,她也会默默地取出来,一封一封地读到泪水满面才继续把头埋进课程里。在他看来,那些淡淡的文字,就是他一生唯一的情书;在她看来,那些美丽的文字就是她生命中最美的情愫。

大学第二年的时候,他收到了她第三百八十五封信,她也收到了他的第三百八十五封信。在第三百八十五次通信中,他们互相寄了照片。她信中的,是她甜甜的微笑;他信中的,是他倚在大学门前的行道树上的久久的等待。他和她终于可以如愿相逢在那所他先来一步的大学校园。他抑制不住内心的兴奋,跑到学校门口的电话亭里拨打她家的电话,可是无人接听。一直到过了九月,始终没见她来报到,他每一次打电话过去,总是有一个苍老的男声,极有耐性地提醒他打错电话了。一直到他终于失去了耐心,以为自己真的忘记了她的电话,终于他们的联系就此中断。

如今,当她偶然地从网上找到他的信息时,时光已经过去了十年。茫茫人海中十年后的相遇,让他们找到了当年的感觉。他背着妻子,偷偷地找出那些他保存了十年的情书,一封一封地读,读到泪水淋漓,仿佛自己又变成了当年那个情窦初开的少年,十年的思念,仿佛一下子又回到了内心。他们在QQ上诉说着各自的现状,他在她的祝福里感觉自己的生活一下子明媚了许多。

最后一次在QQ上遇到她时,他终于忍不住问起了当年她为什么突然和他失去了联系,她却不语。他想不通她为什么总是拒绝他的视频请求,且现在她拔掉了自己电脑的摄像头,却要看看他和他妻子。他一次次发起视频请求,她却断然拒绝了他要看她的要求。然后,直到QQ突然地断线。

十天后,他收到了她的第三百八十六封情书,依旧是当年的字迹,淡淡地透着十年前岁月的痕迹,信纸上浸透了一层早已凝成黑色的血迹。只是,他永远无法知道,当年他们失去联系的原因,正是在她偷偷地一个人瞒着父亲,准备去他的大学,把第三百八十六封信——那封真正意义上的情书——亲手交给他的时候,她遭遇了一场车祸。她是车祸中唯一的幸存者,但车祸却让她失去了双腿和美丽的脸庞,甚至还有见他的勇气。

雨中奔跑

雨顺着工棚上的石棉瓦一滴一滴落下来,滴滴答答地落在王小毛的心上,砸出一片烦躁的思绪来。王小毛百无聊赖地看着工棚外灰暗的天空,随手把一本杂志扔在床上。

一辆黑色的轿车驶出工地门口,王小毛知道那是黄老板。这个时候出去,肯定不是回家。王小毛就抄近路来到阳光花园小区,蹲在后坡的一个平台上,隔着窗子偷听房间里面的动静。他看着黄老板把车停进地下车库,进了 301 室,然后房间里是死一样的寂静。王小毛坐下来,瞪大眼睛,努力想看到屋里的情形,可是窗帘拉得严严实实,什么也看不到。王小毛只好垂着脑袋,任雨水顺着头发流进嘴里,一股涩涩的味道让王小毛更加无奈。

不知过了多久,王小毛在一阵压抑的哭声中抬头,再看楼下时,黄老板的车已经不见了。王小毛飞快地跑到门口,一边敲门一边喊道:"姐,是我,小毛。"

门开了,王小毛闪身进去的时候,看到了娟子红肿的眼睛。"黄天财又欺负你了吧,姐?"王小毛冲上前去,伸开双臂却又无奈地放了下来,手不知所措地在裤腿上来回搓着。娟子摇摇头说:"小毛,这事儿你管不了,就别掺和了吧。"

王小毛不服气地挺了挺胸脯,咬牙骂道:"黄天财,再欺负我姐看我不砍了你!"娟子拍了拍王小毛的脑袋,幽幽地说:"姐真的没事,你回去好好干活吧。"王小毛张张嘴,想说什么却又咽回肚子里,然后放下手里的巧克力、开心果之类的零食,转身有些不舍地走了出去。

王小毛边走边想,娟子姐呀娟子姐,要不是当初你救过我,我才懒得管你的破事呢!王小毛想起当初自己一个人来到这座城市里的时候,因为太小找不到活干,饿了两天终于把手伸进别人的口袋时,被人逮了个正着。人们拳头像雨点般砸在他的头上,有人嚷着要报警,这时一辆轿车停了下来,一个年轻姑娘伸出溢着栀子花香味的手臂护住了他。王小毛听见姑娘对人们说,饶了他吧,他太小了不懂事,这是我弟弟。然后不停地向围观的人群赔着情,好像真是她的亲弟弟犯了错。

围观的人群散去了,姑娘用纸巾擦干净了王小毛满脸的鼻血,转身对开车的胖子说:"把他带到你的工地上吧,就当是我弟。"胖子挺着圆鼓鼓的肚子打量了王小毛一番说:"好吧。"王小毛就这样来到了黄老板的工地,也记住了那个叫娟子的姑娘。

王小毛知道自己帮不了娟子,可是他忘不了娟子身上那淡淡的栀子花的清香。王小毛一边在黄老板的工地上干活儿,一边默默地留意着娟子的一切。他看着黄老板和不同的女人纠缠不清,在心里默默地说,这黄天财根本就不是什么好东西,娟子姐好好的大学生,咋就不去找个好工作,偏要让黄天财作践自己呢?这个问题王小毛想了好久,也问过娟子。娟子摇摇头说:"你还小,不懂的。"王小毛真的就不懂了,娟子姐是他什么人?姐姐?母亲?还是自己小小的心灵已经喜欢上她了?他说不明白,也想不明白,只是心里总是无端地飘起那若有若无的栀子花香。

雨又飘起来了,这个秋季仿佛从来就没有停止过下雨,像极了少年王小毛淡淡的思绪。王小毛再次跟踪黄老板来到阳光花园。在屋后靠近窗户的山坡上,王小毛先是听见房间里有激烈的争吵声,接着是娟子带着哭腔的喊声:"不,我不!"王小毛的心就像一根紧绷的琴弦,似乎随时都要断裂。直到黄老板的车驶出小区门口,王小毛才慌忙地敲响了娟子的房门。

"咋了,姐?"王小毛扑上去一把抱住娟子,使劲地吸着鼻子闻她身上的栀子花香。这次娟子没有躲他,而是抱着他哭了起来。屋子里十分凌乱,似乎还有黄老板的口臭混合着烟味在空气里弥漫。很久,王小毛才想起要问黄老板怎么欺负娟子了,娟子仍是摇头。

过了好半天,嘀的一声,是娟子的短信来了。王小毛探过脑袋,看到手机上写道:"这是个大工程,你只要陪刘处一晚,我黄

天财就发了,你要什么给你什么。"王小毛噌地一下跳起来说:
"这样的事他黄天财也能做得出?"

娟子又哭了,搂着王小毛使劲地哭出声来。王小毛伸出双手
把娟子抱得紧紧的,轻轻地抚摸着,像是抱着一件美丽的瓷器。
那一晚,十八岁的王小毛使劲地把头埋在娟子胸前,闻着淡淡的
栀子花香,抱着娟子睡了过去。醒来,他明白自己已经是男人了。
王小毛更加密切地注意着黄老板和娟子的行踪,直到那个血色弥
漫的深夜。

那夜的雨依旧很大。王小毛看着黄老板把车泊在花都酒店
门口,然后把娟子扯了出来,一番厮打后双双上楼,躲在暗处的王
小毛似乎看到了娟子绝望的眼神。王小毛远远地跟着,看到黄老
板推娟子来到房间门口,揪着娟子的头发进了门,他赶快蹑手蹑
脚地趴在门上探听里面的动静。房间里先是传来两个男人淫荡
的笑声,接着传来的是撕扯衣服的声音和娟子的哭叫声。

不一会儿门开了,黄老板肥胖的身子挪到了门外。王小毛手
里的刀准确无误地插进了黄老板的心脏。接着娟子披头散发地
冲了出来,身后一个和黄老板同样矮胖的男人叫喊起来。

娟子一把拉过王小毛说:"小毛,你真傻,搭上自己不值的。"
王小毛微笑着拉着娟子的手,吸溜着淡淡的栀子花香说:"姐,回
家找一份正经工作吧,跟黄天财这样的人更不值。"然后,他看了
看手中滴着血的刀,随手扔进了旁边的垃圾箱,转身走了出来。

这时酒店里乱了起来,有人惊慌地喊,杀人了,快抓住他! 王
小毛一头冲进了雨中,使劲地跑了起来。一辆奔驰的汽车闯了过
来,王小毛砰的一声飞向了空中。他感觉自己一直在云里奔跑
着,裹着雨声,怎么也停不下来,直到身体渐渐僵硬。

第二天晚上,新闻里的大标题吸引着人们的眼球:打工仔劫

杀老板,逃窜中葬身车轮。旁边是王小毛躺在地上的照片,虽然打了马赛克,但能看出双腿仍是奔跑的姿势,身下的鲜血绚烂夺目。

许多年后,每逢清明王小毛的坟前就会出现一束洁白的栀子花,还有一个女人默默地为王小毛上香。女人身后跟着的一个小女孩,像极了儿时的王小毛。

在秋天里绽放

秋天的阳光纯净而又温暖,透过窗外那棵已经开始泛出淡淡的黄色的白杨树的间隙,在地面上打出一片斑斑驳驳的色彩,明艳中又显得如此安静。而此刻静静地坐在窗前的她,内心却怎么也平静不下来,如有一场提前赶来的秋雨,丝丝缕缕地将她的心情湿得透透彻彻。

面前是忙碌的流水线,坐在宽大的车间里,她很满意自己这个靠窗的位置。虽然刚刚离开高考那个没有硝烟却又杀机四伏的战场,但这里简单而又机械的工作她还是很快就适应了。她不得不尽快适应这样的生活,因为高考一结束,她就从继母和父亲的眼里读出了自己的命运。即使是考上大学又怎样?继母喋喋不休的唠叨、父亲无声的叹息,都隐晦地告诉她不应该再成为家里的累赘。她不为自己的选择后悔,至少这样,她可以养活自己,可以离开那个冷得像冰窟一样的家。但每每安静下来,她内心的不甘和犹豫总会像一层层的秋雨般漫过心头。她不甘心自己就这样在异乡的流水线上耗费青春,还有那个总是摇头晃脑一副书呆子气息的他,也许早已走进了他们曾经仰慕的那所大学的校园了吧？想起这些,她的内心总会被浓浓的忧郁击伤。

然而生活中意想不到的事情总会发生。那一天,在工厂里新招聘的一群年轻人中,她一眼就认出了他。陈若凡！她大声地喊着,迎上去帮他拿行李。他看着她,淡淡地一笑,仿佛早就知道她在这里。

很快,他们明确了恋人关系。在异乡的城市里,他们把在学校里那种朦朦胧胧的爱情演绎到了极致。每每她问起他,以他的成绩完全可以考上理想的大学,为什么也会出来打工时,他总是淡淡地笑着回一句:"考不上啊,咱们可是同病相怜哦。"然后就不声不响地为她做着一切。

他爱上她是因为在高中时经常从校报上读到她的文字。知道她喜欢读书,他会陪着她逛遍这座城市大大小小的书店,为她买来她喜欢的书。在她写不出文字时给她鼓励,且总是任由她任性时无端地指责。后来,在一个阳光灿烂的秋天,她终于成了他的新娘。他们离开了那座工厂,开始了他们自己的事业。

他在这座异乡的城市里经营着一家图书批发市场,也小心翼翼地经营着他们的爱情。他拼命地赚钱,把大量的时间留给她,供她上成人大学,鼓励她继续她的写作。似乎命中注定,他就是为她而存在的,一切都是那样心安理得。

渐渐地,她的文字开始占据了各类报纸杂志,她的新书也成了在异乡城市里打工一族的至爱,她成了这座城市里面千千万万打工者追捧的打工作家。然而,她却越来越对自己的生活感到不满足。尽管他总是小心翼翼地顺着她,可她还是莫名其妙地对着他发脾气,就像刚来这座城市时一样,她的心里总有隐隐的失落,像蛇一样久久地缠绕。

在城市的灯红酒绿中,她迷失了自己。那一次,在她的作品研讨会结束后的晚宴上,她认识了李森,这座城市里主管文化的最高官员。李森向她伸出手来,一只手紧紧握住她的手,一只手端着红酒和她碰杯时,她的心里竟然微微地动了一下,一抹桃红挂在了腮上。

以后和李森的约会似乎也是顺理成章。他给她承诺,把她安排到文化部门工作,由官方来包装她,一副胸有成竹的样子。他频频地约她去各种场合,甚至不管时间早晚,霸气地把电话打到她的家里。而家里的那个他,结婚几年了,从不问她的事,只知道沉浸在她的文字发表时的欣喜里,只知道像用人一样伺候着她,似乎她交往的是些什么样的人,从来就与他无关一样。

她内心的那一丝渴盼就这样被李森点燃。她觉得自己不再是一个仅仅只热爱着文字的小女人,她渴望拥有李森那样的潇洒与豪迈。毅然决然地离婚,不顾他的苦苦哀求,搬进了李森在郊区的别墅,她在自己头顶上的光环里迷醉。

那一个秋天,忙于给李森安排的大学新生们做报告的她,接到了一个陌生的电话。原来他已经死于车祸,因为在这座城市里她曾经是他最亲近的人,交警部门便把电话打给了她。结束了应酬,匆匆赶到医院的时候,他已经被送进了太平间。整理他的遗物时,她发现了那个她从未注意过的包裹。打开,原来是厚厚的一堆信件,其中一封特快专递来自那所他们曾经向往的大学。

轻轻打开,原来是一张录取通知书,她的心猛然一颤。一封一封地读了下去,那些信很多都是他的家人写给他的,劝他回去读书,不要为了她而放弃那么好的大学。最后一封,竟然是他父亲责骂他,要和他断绝关系的。她的泪水一下子涌了出来,一滴一滴地落在那张有些发黄的录取通知书上。她看着"陈若凡"三个字在她的泪水中渐渐变淡,最后消失成一团水渍,淡淡的蓝,一如那个秋天干净而明亮的早晨。

在无尽的懊悔与悲伤中,她回到了家乡小城。几经周折,凭着自己在南方文坛上的影响,她终于在小城的文化部门谋得了一份平凡的工作。她的书依旧为读者所喜爱,南方的打工经历成了她源源不断的创作源泉。只是细心的读者会注意到,她的文字永远都与秋天有关,或明丽如秋,或淡雅如秋,或沉静如秋,或伤感如秋。但只有她自己能够读懂,永远有一个人,只会在秋天里等待她华丽地绽放,而从不会去亵渎这秋天的纯净。

蝶　舞

从门口经过时,王小毛忍不住又往里面看了一眼,看见了吴小雯胸口那只翩翩欲飞的蝴蝶。随着吴小雯低头的那一瞬,在本来就很低的领口里,两只玉兔般的乳峰轻轻颤动,隐在双峰之间那一道深沟里的那只蝴蝶便扇动着翅膀,似乎正要向他飞过来。王小毛的脸唰的一下就红成了初冬的柿子。似乎那只蝴蝶飞到了眼前,在他的头顶上忽上忽下地绕来绕去地飞着,把他乱蓬蓬的脑袋当成了一丛野花,飞来飞去却又选不准在哪一朵花上落下。

"嗨!小帅哥,进来呀,进来洗头哟!"吴小雯嗲声嗲气地猛一喊,吓得王小毛浑身一颤。醒过神来的王小毛看都不敢再看吴小雯一眼,连忙夺路而逃,把吴小雯咯咯的笑声抛在了身后。

王小毛是这座城市最南端城乡接合部建筑工地上的民工。十六岁的王小毛因为爹和村里人去山西的煤窑打工时受了伤,被锯掉了一条腿,娘又跟着别人跑了,便告别了刚上了一年的高中校园,跟着当工头的二叔去了工地。王小毛除了像其他民工一样靠一身力气挣钱养家之外,最大的梦想就是当一名画家。城市林立的高楼、闪烁着五颜六色的灯光的立交桥,常常被他在纸上涂抹成或明或暗的风景。

喜欢画画的王小毛常常在晚上走出工地看风景。那一天走过"小小洗头城"的时候,他看见了吴小雯。吴小雯和几个女孩子坐在"小小洗头城"半遮半掩的玻璃门后,向着来来往往的行人使劲地招手。王小毛一扭头就看见了吴小雯低低的领口里藏在那一道深不可测的沟壑里的那只紫色蝴蝶。微暗的灯光打在吴小雯光洁的额头上,像极了一幅古典仕女图,只是那暴露的衣着,总是掩藏不住胸口那只翩翩欲飞的蝴蝶,与吴小雯清纯的样子极不相符。这么美丽的女孩怎么会到这里来呢?王小毛当然清楚吴小雯的职业。王小毛想问,却又不敢,他知道吴小雯肯定有她自己的原因吧。

王小毛发现自己喜欢上了吴小雯,不知道什么原因,也说不清什么原因。发了工资王小毛就去"小小洗头城"找吴小雯,给那个胖老板娘二百元钱就可以把吴小雯叫出来。王小毛不像二叔,到了"小小洗头城"叫了女孩子就急匆匆地带回出租屋,而是带着吴小雯去了城市的中心公园。他喜欢和吴晓雯肩并着肩静静地坐在公园的石凳上,聊自己的童年,聊自己的梦想,当然还有很多很多。其实他不敢告诉她,他想要她陪着他去看大海,去给她画一张沙滩上的写生,让那只蝴蝶从她胸前飞向无边的天空。

王小毛再到"小小洗头城"时，那个胖老板娘会看着他嘴唇上淡淡的绒毛说："小毛长大了哦，知道找女人了哟。"王小毛不再低着头，而是扬扬手中的画夹说："你懂个啥，我就是想看看小雯胸前的那只蝴蝶。"

"呵呵，那好啊，你二叔是老板，你去找他弄去，只要你出得起钱，我让小雯天天陪着你画，让你看个够！胖老板娘嬉皮笑脸地说。"

"那有什么，我找二叔借去。"王小毛拍着胸脯说。

"好啊，小雯跟他去吧。"胖老板娘朝着吴小雯挤了挤眼睛，吴小雯就跟着王小毛走了出去。

走在街上，王小毛突然想起自己的工资早就给爹寄了回去。看样子只好真的去找二叔借了。二叔打算明天给民工们结工资，这会儿肯定有钱。

王小毛拿着二叔出租屋的钥匙。本来他是和二叔一起住的，因为讨厌二叔家里有二婶还总要把"小小洗头城"的女孩子带回来，所以王小毛宁愿和民工们一起住在工地的窝棚里，也不愿意到二叔这里来。

王小毛打开房门，二叔却不在。吴小雯探头探脑地看了看房间每一个角落，径直坐在了床上。

"你想看就看个够吧！"吴小雯说着就开始脱自己的衣服。吴小雯胸前的那只蝴蝶一下子扑进眼帘时，王小毛的头嗡的一下似乎失去了知觉，眼前只有蝴蝶在飞舞，一下子幻化出一只、两只、无数只，在他眼前忽上忽下地翩翩飞舞着。吴小雯趁着王小毛发愣的时候，一伸手就把二叔藏在枕头下的一只鼓囊囊的皮包裹进了自己的衣服。

吴小雯一件件地褪掉了自己的衣服。直到最后脱掉胸衣，吴小雯轻轻地将自己的手放在胸口的那只蝴蝶上,王小毛才看清楚了,那不是一只蝴蝶,而是一块胎记。那块胎记长在那样洁白的胸部上,像极了一只飞舞在白色芍药花上的蝴蝶,看起来是那样纯洁,那样安静,那样摄人心魄。

第二天,二叔和一群警察带着王小毛急匆匆地赶到"小小洗头城"时,吴小雯和那个胖老板娘早已不见了,没有人说得清她们去了哪里。

许多年后,省美术馆里正在举办一场规模宏大的画展。门口的海报上,赫然印着一个裸体的女子,微微张着双臂,洁白如玉的身体在一片洁净的绿草地的映衬下,显得光芒四射。尤其是画面上一只蝴蝶正在女子的胸前翩翩欲飞,给人一种将要喷薄而出的激情。那幅画就叫《蝴蝶》,正是青年画家王小毛的成名作。

一个女子走过来,漫不经心地看了一眼,突然愣住了。当看清楚画中人和自己是如此相像时,她浑身一颤,两行泪水缓缓地流了下来。

几天后,王小毛收到了一笔没有署名的汇款,刚好是当年二叔丢失的数目。王小毛就用这笔钱在家乡的小城里设立了第一个民间书画界奖励基金,用来奖励那些在家乡画坛上脱颖而出的青年画家。

王小毛就是我。那一年我因为丢失了二叔的钱而被劳动教养,在劳教所里我画的这幅《蝴蝶》引起了省美院的一位老教授的关注,他像父亲一样关心我,并破例收我为关门弟子。每每在铺开画布时,我总是忘不了那一只翩翩起舞的蝴蝶,它一直在我的记忆中飞舞,更给了我无穷无尽的创作激情。

蝶　殇

　　吴小雯来看王小毛的时候，王小毛正在画室里忙碌着。他用一支支蘸了油彩的笔在一只蝴蝶的翅膀上点出五彩斑斓的颜色，那只蝴蝶就翩然飘落于王小毛的画布上，俗艳而又美丽的翅膀似乎正在轻轻扇动着。王小毛抬起头看了吴小雯一眼，又把手中的笔蘸进了深深浅浅的调色盘里。

　　吴小雯说："小毛，我对不起你。"

　　王小毛缓缓地抬起头，淡淡地说："都过去了，算了吧。"

　　吴小雯说："我来找你，不只是为了还钱给你，更要还一份情给你，因为我知道那时候你是喜欢我的。"

　　吴小雯说着就缓缓地褪掉自己的衣服，像一只剥了皮的香蕉一样，横躺在王小毛的面前。王小毛的目光先是落在了吴小雯胸前的蝴蝶形胎记上，继而浑身燥热起来。王小毛一步一步走过来，抱起吴小雯放在了画室里间的床上，用一手的油彩在吴小雯光滑水嫩的身上印出了一只只色彩斑斓的蝴蝶。

　　这时，王小毛的手机却不合时宜地响了起来。"阿毛，你到公司来一趟。"是阿眉那盛气凌人的声音。

　　王小毛浑身的激情一下子像被一块石头惊起的麻雀，呼啦一下飞得无影无踪了，王小毛的手有气无力地缩了回来。王小毛扭头对吴小雯说："我得出去一趟了。"然后就踩着吴小雯疑惑的目光走了出去。

回过神来的吴小雯就对着王小毛没有画完的蝴蝶嗡嗡嘤嘤地哭了起来。阿眉是她曾经的老板,当初开着"小小洗头城"的阿眉,在靠着经营洗头房终于攀上了权贵后摇身变成了小城商界叱咤风云的企业家,而她吴小雯依然是一个乡下来的洗头妹。

急匆匆赶到阿眉公司的王小毛此刻正坐在阿眉宽大的老板桌对面的沙发上。阿眉扭着胖胖的屁股把一杯咖啡放在王小毛面前的茶几上,然后紧挨着王小毛坐下来,一手托住王小毛的下巴说:"乖乖,这几天想我了没有?"王小毛强忍着内心的厌恶点点头。王小毛知道,眼前这个女人,可以让他变成小城很有名气的画家,当然也可以让他变得一无所有,再次流浪街头。

王小毛就不由自主地想起那年在"小小洗头城",胖老板娘阿眉一边调笑着一边看着他的那贪婪的眼神。这么多年了,他始终没有逃脱被这个女人掌握的命运,她用她的钱,给他请来了名师,给他疏通关系获奖,把他的作品从一文不值炒成天价,目的很明确,她要他成为她众多的情人中的一个。

王小毛从阿眉豪华的办公室出来的时候,突然有了一种想哭的感觉。王小毛就想起去找吴小雯。王小毛一路穿过几条巷子,踩着满地的落叶走到吴小雯租住的楼下。推开吴小雯的出租屋房门时,吴小雯正默默地收拾着东西。她要回到乡下的家里,找一个平常人家嫁了,做一个平常的农妇。可是偏偏在这时候,王小毛来了。

王小毛说:"小雯,要走我们一起走吧。"

吴小雯轻轻地摇头。吴小雯说:"走?我们能逃出阿眉的手掌心?你能放下你的画家梦和现在的一切?"

王小毛低下头,半天不语。半晌,王小毛突然抓起吴小雯的手说:"大不了我什么都不要了,咱回家种地去。"

嘭！门被撞开了，进来的是阿眉。王小毛没有想到，阿眉会一路跟踪他到这里。

啪！阿眉的胖手响亮地落在了吴小雯的脸上。"真是当婊子上瘾了啊，连我的男人也来勾引。"阿眉泼妇一样的骂声一下子点燃了吴小雯眼里的火焰。两个女人从客厅到阳台，由对骂变成了厮打。

突然露天阳台上的栅栏呼啦一下垮了下来，随即，吴小雯的身体也飞了起来，像一只翩翩飞舞的蝴蝶。

王小毛一边喊着一边向楼下扑去，阳台上只剩下呆若木鸡的阿眉。王小毛狠狠地瞪了阿眉一眼便搂住了血肉模糊的吴小雯。吴小雯轻轻地拉过王小毛的手，放在了胸口上那只蝴蝶形胎记上，然后轻轻地闭上了眼睛。

那一晚，在小城中心地段由企业家阿眉出资设立的青年画家王小毛画室里腾起一股浓烟，王小毛所有的作品都被付之一炬，包括那幅获奖作品《蝴蝶》。

从此，小城再也不见了画家王小毛。偶尔有人说起，说是在京郊的画家村，有一位流浪画家，像极了王小毛。

浅蓝色信笺上的青春往事

初夏的阳光从窗外宽大的梧桐树叶的缝隙中点点滴滴地漏下来的时候，我正埋头在课桌下面偷偷地看宋南写给我的情诗。

"看着你的背影/像一阵风飘过/我的目光被你拉长/像是一道河流,隔着水/远望,那些美丽的花儿开放/我却不敢,轻易地靠近。"

淡蓝色的信笺飘着一种淡淡的香味,宋南那含蓄而又热烈的文字,又是这样一首忧伤的情诗。这样的纸条,我至少收到过一百张,而其中的大部分都出自宋南之手。这个头脑简单四肢发达的家伙,除了会整天在篮球场上发泄着自己一身用不完的力气之外,似乎只会用这些火辣辣的诗句来表达自己笨拙的暗恋。一个来自农村、连表达自己的浪漫都玩不出一点儿新鲜感的男孩子,我打心眼儿里瞧不起他。

三年了,宋南的纸条总是不依不饶、出其不意地出现在我面前,有时是折成小小的纸鹤躺在我的文具盒里,有时是端端正正夹在我的课本里。总之,我书包里任何随手可以拿到而又不会轻易被别人发现的地方,总会有宋南的"杰作"出现。当然,很多时候,我会连看都不看,微微地冷笑着把它们撕成碎片,让它们在风中飘散,缓缓地落向窗外的草坪。

我是父母和老师眼里的"乖乖女"。学习成绩在班上遥遥领先、出身书香门第、高傲得像公主一样的林娜,怎么会接受一个来自乡下、成绩平常得和他人一样不起眼的宋南呢?我也曾用同样的方式警告过宋南,可是我们的"情诗王子"在沉默了几天之后,那些热情而又忧伤的情诗却依然在我的书包里狂轰滥炸,直到那一个沉闷的午后。

那是高三的最后一个学期,整天除了补课就是考试,越来越紧张的气氛让所有的人都像紧绷的弦,随时准备向高考这个没有硝烟的战场冲刺,就连宋南那些痴情而又带着绝望的情诗在我书包里出现的次数也少了许多。

那天中午放学,作为班长的我把从班上收到的补课费小心翼翼地放在书包里,准备交给班主任。谁知晚自习时,班主任过来收钱的时候,我翻遍了整个书包,除了在语文课本里找到了一张宋南写给我的纸条以外,两千多块补课费早已不翼而飞。

我的脸唰地白了,脑子里嗡嗡地响了起来,面对班主任疑惑的表情,我嘤嘤地哭了起来。

班主任一边劝慰着我,一边在全班范围内进行追查。教室里顿时寂静无声,只有一片哗哗地翻动书包的声音。我回头看了看全班四十八个同学,大家都在翻着自己的书包努力证明自己的清白,只有宋南,依然是那一副漫不经心的表情,正若无其事地东张西望。

一定是他!因为只有他动过我的书包,那张写着情诗的纸条,足以证明宋南在放纸条时顺手牵羊。我拿出纸条递给了班主任,然后把手指向了宋南。

我看到班主任愤怒的目光随着我手指的方向,箭一样射在宋南身上。宋南红着脸站了起来,低着头,一副畏畏缩缩的样子。班主任看了看那张淡蓝色的纸条,把它放在桌子上,然后叫走了宋南。

几天后,我看到了宋南的父亲。这个老实巴交的农民,据说是卖掉了家里的两头牛才如数把两千四百八十块钱交到了班主任手里。从此,宋南就从班上消失了,据说去南方打工了。

高考结束后,我如愿以偿地拿到了理想的大学的录取通知书。在大学里,我谈过几场无疾而终的恋爱,毕业后我回到了家乡的小城,在一家政府机关过着循规蹈矩的日子。宋南和他的那些情诗,在记忆中慢慢地淡去。直到有一天,母亲帮我整理书橱时,从一堆发黄的复习资料中翻出一个厚厚的纸包,打开一看,用橡皮筋捆得整整齐齐的两千四百八十元钱赫然出现在我的眼前。

我一下子呆住了。我突然想起了宋南走出教室时回头看我时欲言又止的表情。原来，那个中午，自己为了保险起见把钱放在了书橱里，却错怪了宋南。只是，他为什么不为自己辩解呢？

默默地翻开旧时的课本，一张淡蓝色的信笺飘了出来，正是宋南写给我的最后一首情诗。

"如果　你走了／我会在秋天里等你／因为花儿还会在下一个季节／开出淡淡的馨香／如果　雨声还在傍晚时响起／我会在雨幕中等待／因为　你美丽的影子／会让我的梦想更加灿烂……"

默默地看着纸上已被岁月侵蚀得几乎看不清的字迹，我的心里充满了愧疚与悔恨。我知道，那张淡蓝色信笺上的青春往事，永远是我心底最柔软的痛。

独自绽放在内心的花儿

那一年夏天，阳光出奇的好。而他的内心，却如无边的暗夜般晦暗。阳光从窗外斜斜地照进来，在教室的水泥地板上染上一层金色的光芒时，他的心里却被无边的迷茫占据着。家庭的变故，让他从八岁起就失去了母爱。默默地坐在角落里，他是最容易被人忽视的学生。他常常一个人安静地发呆，默默地把自己的心情写成长长短短的故事，偷偷地投给外地的杂志，偶尔得到的稿费便是他高中时代唯一的生活来源。

收到她的来信时，他安静地撕开，轻轻地摊开在课本下面，然后很认真、很有耐心地给她回信。这个世界让他感觉到绝望，好在还有她，一个陌生的、无法想象的朋友，他的一篇文章给了他们相识的机缘。无人时他会一遍一遍地读着她的来信，直到读出了一种暖暖的感动。

他会及时地给她回信，写自己生活的艰辛，写自己内心的苦闷，由最初的三言两语地互相问候，到洋洋洒洒地倾诉，他们的信件写得越来越长也越来越频繁。常常是在夜深人静的时候，他还在寂静的教室里给她写信，写长长的故事短短的诗，仿佛要把所有的心情一吐为快，但总也写不尽写不完。十七岁的心灵总是容易感动，哪怕是一只鸟儿划破窗外的天空，都会让他伤神，何况是一颗远隔千山万水惺惺相惜的心灵。她告诉他北方城市的冬天很冷，他会每天偷偷地站在学校门前的杂货铺门口，只为看一下电视里她的城市的天气预报，提醒她加衣服；她也会在他屡屡无法坚持下去的时候，及时地寄给他几张照片、几片花瓣，给他绝望中挣扎的力量。

直觉告诉他，她似乎已经成了他生命中的一部分，虽然遥不可及，却总在冥冥中默默地抚慰着他孤独的心灵。他们在信里相约，那一年高考后见面。可是，在高考前几个月，他终于忍不住和早就不想让他上学的继母大吵了一架，在父亲的冷漠中走出了校门，随着村里那些在外打工的人们，流浪在城市的建筑工地，开始了另一种生活。从此他们再无联系。

一个人在城市里流浪，他当过建筑小工、送水工，搞过推销，拉过广告，但生活总是毫无转机。他常常是在夜深人静的时候，默默地翻开她的那些信件和照片，她娟秀的字迹依旧，她灿烂的笑容依旧，但一切都仿佛已成前尘旧梦。他在内心里尖锐地痛着，却又不得不面对现实，好在她的信件、她的笑容依旧给了他无尽的力量。在艰难中挣扎，他从未放弃过努力。

多年以后,他回到了家乡的小城,凭着一纸自考文凭成了政府机关的公务员。在三十岁那年,他终于有了自己的家庭,有了平静如水的生活。但她的那些信件他一直珍藏着,虽然纸已经发黄,字迹已经模糊,却始终不忍丢弃。内心的那份淡淡的愁,似乎从未忘记,总在无意中悄悄地漫上心头。

那一年初夏,忽然接到的一个陌生电话,一下子把他的记忆拉回到若干年前。原来是她在他的博客中找到了他的电话。一瞬间的愕然,百感交集的内心突然潮湿起来。她加了他的QQ,打开视频,在蒙眬的泪光中质问他,责怪那个多年以前的夏天,他无缘无故地消失,他却一切无从说起。

翻开青春的时光,他蓦然明了,那段曾经美得让人心疼的日子,早已过去了十五年。十五年足以让一个人老去,但他们之间那份纯真的感觉却从来不曾忘记。他以为此生他们永远不会相遇,却没想到会再次联系。他看着视频里她的泪眼,时光的刻痕已经爬上了彼此的脸庞,但那一缕青春的疼痛却总是不合时宜地漫上心头。无语,一丝咸咸的潮湿却禁不住轻轻地滑过嘴角。他关了电脑,起身推开窗户,一株美丽的白杨树下,散落了一地斑斑驳驳的阳光,岁月可以远去,但记忆中的那株青葱的白杨树,却永远在记忆中美丽着。他相信她也一样永远记得,在青春的十字路口,他们至少曾经擦肩而过。

再次打开电脑,他只发给了她一个笑脸,然后轻轻地删掉了她。他不知道该如何解释,他也不想让她知道自己曾经的那些经历。只是她也许永远不知道,他的妻子和她如此相像,几乎就是照片上的她。青春的花儿只开过一次,也许早已开了又谢了,但他的内心里,永远绽放的是那一朵花儿的影子,无声无息地开放,独自美丽着却又永不凋零。

十七岁的天空

唐灵儿说:"林小亚你有种就把刀扎下来呀,扎呀!"

我看着唐灵儿微微闭上的眼角上有晶莹闪亮的泪光闪动着,咬紧了牙,拿着水果刀的手却抖得愈加厉害了。抬头望望天空,我看到天边那稀稀拉拉的几颗星星在寂静的夜空里就像唐灵儿睫毛上的泪光一样楚楚动人。我想狠狠地在唐灵儿那张好看的脸上甩一耳光,然后让这个女人从此在我的生命里消失,可是我做不到。

唐灵儿是我生命里的克星。这个狐媚的女人,是我十七岁的生命里第一个让我牵肠挂肚的女人。为了唐灵儿,我逃课、打架、喝酒,我自甘堕落,可是唐灵儿,这个狐狸精,只是把我当作对付秋哥的武器而已。

认识唐灵儿之前,我是一个乖孩子,至少我父亲是这么认为的。也许没有唐灵儿的出现,我绝对是一个重点大学的好苗子。

问题就出在那个黄昏。我一个人在去往湖滨公园的路上,隐约看到湖边小路上有一个红色的影子闪过,接着响起一声沉闷的落水声。我急忙飞奔过去,果然有一团红色的身影在湖水中一浮一沉。等我手忙脚乱地跳下水将红色身影救起来才知道,这个跳水的女人就是唐灵儿。

扶着唐灵儿坐在湖边的石头上,我轻轻地拍着她的背心。等着她吐完一大摊水后,她却一把推开我:"谁让你救我上来的?"

我看着唐灵儿哭得一塌糊涂满脸分不清是泪水还是湖水,却不知道说些什么好。

后来我才知道,这个叫唐灵儿的女孩也曾是一中的学生,后来父亲在一场车祸中死去,母亲改嫁跟了一个酒鬼,唐灵儿也就成了一个混混,准确地说,是秋哥的女人。

唐灵儿说:"别管我,让我去死吧。"

我说:"傻瓜,我们可以想办法呀,我去找秋哥,或许秋哥不会不管的。"

唐灵儿说:"你还是别管了吧,你能惹得起秋哥?"

我说:"我就要管,我才不管他是何方神圣。"说完,我拍了拍自己并不发达的胸脯。说实话,自从知道唐灵儿的身世后我就不折不扣地喜欢上了唐灵儿,尽管她是秋哥的女人,尽管她想死的原因是已经怀上秋哥的孩子而不敢回家怕她的酒鬼父亲揍她,但唐灵儿那双像泉水一样清澈的眼睛已经深深地烙进我十七岁的心里。

我决定去找秋哥。秋哥是谁我当然知道,据说秋哥在整个小城唯一怕的人是他舅舅,他舅舅是公安局的局长。每次秋哥打了人都是他舅舅出面赔钱完事。

我径直走进秋哥的舞厅,在震耳欲聋的舞曲声中指着秋哥的鼻子说:"秋哥,唐灵儿的事情你不能不管。"

秋哥吐出一串圆圆的烟圈说:"你是什么东西?'秋哥'是你随便叫的吗?"

我说:"我什么东西都不是,我只想让你为唐灵儿负一点儿责任。她被你害惨了,你知道不?"

秋哥抬头看着五颜六色的球形灯,过了好一会儿才说:"你活腻了不是? 老子玩女人从来就是一个愿打一个愿挨,唐灵儿就是贱货,跟老子有球关系!"

　　啪!我的巴掌就落在了秋哥那张肥猪脸上。我知道唐灵儿并不是一个好女人,可是我不愿秋哥这张臭嘴骂她贱货。因为,自从把唐灵儿从水里救起的那一瞬间,我就已认定了唐灵儿,这个妖精一样的女人,是我十七岁的生命里唯一的女人。

　　我看到秋哥的脸在阴暗的灯光下变得狰狞可怕。他轻轻地一招手,接着一群人围了上来,我的脑袋被重重地打了一棒,接着棍棒噼里啪啦地落在了我的身上,随着我耳朵嗡的一声响,我就失去了知觉。

　　醒来的时候,我看见唐灵儿正在伸手擦去我嘴角的血。我动了动,头部一阵疼痛传来,我只好顺从地躺在唐灵儿的怀里一动不动。我望着唐灵儿的眼睛,看到了唐灵儿的睫毛上有两滴晶莹的水珠闪着星星般光芒,我在心里说,唐灵儿,我爱你。可是话一出口,却成了唐灵儿,我没事。

　　那一晚,我和唐灵儿就在湖滨公园的长椅上坐了一夜,我甚至在唐灵儿的怀里做了一个甜甜的梦,梦见我和唐灵儿在一个遥远的地方快乐地生活着,我在地里种上各种各样的蔬菜,唐灵儿在一片油菜花丛中追逐着一只美丽的蝴蝶,欢快的笑声在我耳边一阵阵地响起……

　　回到学校的时候,我看到学校大门口贴着开除我的布告。这时候,我才想起来,因为唐灵儿,我已经一个月没到学校来过了。

　　我当然不敢回家,不敢看父亲那双充满失望的眼睛,更不想听继母那幸灾乐祸的嘲笑。我要离开这座小城,离开这些让我厌烦的人们,当然,唐灵儿除外。

　　我去找唐灵儿,唐灵儿说:"是吗?等你像秋哥一样有钱了我就跟你走。"

全民微阅读系列

又是秋哥！我愤愤地看了唐灵儿一眼。

唐灵儿说："我不敢回家了，我只能再去找秋哥。"

我默默地看着远处的莲湖，淡淡的水雾在夕阳中飘飘而起，像是给湖水披上了一层淡淡的纱。我知道自己不是秋哥的对手，我也不知道自己会想出什么样的办法来帮助唐灵儿。我突然下定决心，我要去找工作，然后让唐灵儿跟我一起快乐地生活。

我在城郊的建筑工地找了一份工作，给人用板车运水泥和砖块。在炎热的太阳下，我拼命地干活，只是每到晚上，我的梦总是跟唐灵儿有关。有时候是唐灵儿在远远地看着我，那双美丽的眼睛像水一样漫过我的身体，等我追过去的时候，唐灵儿还在远处看着我，似乎永远无法接近；有时候是我和唐灵儿正偎依在湖边看着洁白的莲花在水中轻轻摇曳，突然秋哥那张肥猪脸一下子从湖水中冒了出来，我在一阵冷汗中惊醒……

也许唐灵儿这个女人真的是我一生的劫。我一定要帮助她，就算她不愿跟我走，我也要让秋哥好好地对她，为她负责任。

冬天的时候，我去了唐灵儿的家。刚走到唐灵儿家那条巷子口，突然有人在我的头顶敲了一下，回头，我看见手舞足蹈的唐灵儿在一旁嘻嘻地笑着。唐灵儿已经疯了。

我说："唐灵儿，我回来了。"

唐灵儿空洞的眼睛望着我，突然发出一阵凄厉的笑，听得我浑身一颤。

见到唐灵儿的母亲，我才知道唐灵儿变疯的原因。原来唐灵儿终于对秋哥感到绝望了，就偷了继父的钱去堕胎，被她的酒鬼继父狠狠地揍了一顿后就变成了这个样子。

我觉得我该去找秋哥。我要让这个畜生得到他应有的报应。我带着唐灵儿踩着冬日午后细碎的阳光走进了秋哥的舞厅。

我看见秋哥正在吆五喝六地指挥着那些听话的服务生们打扫着凌乱的地板。我说："秋哥，我再替唐灵儿来找你一次，希望你能认真对待这件事。"

我看到秋哥像一块冷冰冰的石头，好像忽视了我的存在。

我接着说："如果唐灵儿是我的女人，我会好好对她。她要天上的星星我会摘下来给她，她要水里的鱼儿我会跳下水去抓，就算要我的命，我也会毫不犹豫地给她。我不会让她受到任何伤害，我会珍惜她一辈子。"

我听见秋哥轻蔑地吭了一下鼻子。然后秋哥说："是吗？那么现在刚好呀，你就把她领回家去当宝贝养着吧。"

我感觉到自己全身的血液一下子涌上了头顶。我猛地拔出怀里的水果刀，毫不犹豫地扎进了秋哥肥胖的肚子。我在秋哥倒下去的时候，紧紧地搂住了唐灵儿。

外面的警笛暴风骤雨般响起来的时候，我轻轻地抬起头看了看头顶的天空，此时正洁净得没有一丝云彩，就如我第一次看到唐灵儿的眼睛一样，深深的一片明亮的蔚蓝。那是我十七岁的天空。

我轻轻地把嘴唇贴在唐灵儿毫无血色的嘴唇上，那是我的生命中甜美的初吻。

债

春天的画笔在山坡上一下一下地点上粉色的桃花时,王小毛的心也像被拉开了一道明晃晃的口子似的,火辣辣地疼着。

王小毛望着缀满桃花的山坡,眼前的桃花似乎幻化成一张笑盈盈的脸庞,那是菊花的笑容,在他的心底千百次浮上来又落下去。王小毛不禁咬了咬嘴唇,忍住了快要溢出的泪水。

王小毛是在一个夜晚回到笊篱沟村的。趁着夜色回来是因为他没有赚到钱,没有脸面见到村里人。王小毛在城里的工地上干了半年活儿,临过年时老板却失踪了,他只好空着手回来了。

王小毛躲得过村里人,却躲不过后妈的责骂。大年三十晚上,一家人坐在一起吃团圆饭,没有一个人理会王小毛。后妈一边说着谁谁家的小子去山西下煤窑赚了几十万元,一边用眼睛斜着瞅王小毛。父亲狠狠地用筷子捣着盘子里的肉骨头说:"养头猪还能杀了吃肉,养个儿子却屁用没有,咋不死在外面呢?"

王小毛就讪讪地放下筷子,头也不敢抬。

春天来了的时候,王小毛就整天黏着二叔,求着二叔带他一块儿下煤窑。菊花来找他了,菊花说:"小毛你有啥打算?"

王小毛垂着头说:"我现在这个样子,还能有啥打算。"

菊花就看着王小毛。半晌,菊花才抬起头来说:"小毛哥,你是男人,哪怕你爸你妈看不起你,哪怕全世界的人都看不起你,我菊花还是会对你好,请你相信我也相信你自己!"

王小毛就不说话了，仰着头看山坡上正开得热烈的桃花。菊花递过一沓钱说："拿着吧，出去闯闯，算我借你的。"

　　王小毛就又到了城里。王小毛在城里的一家广告公司当杂工，替人安装广告牌。没活儿干的时候，王小毛就重新拿出被自己抛弃已久的画笔，没日没夜地练画画，偷偷看设计师在电脑上操作，原本因为没钱放弃去美院读书的王小毛很快就学会了设计制作。他把菊花给他的钱存了起来，足足有五万元。王小毛计划着等攒足了钱就自己当老板，然后风风光光地回到村里娶了菊花过日子。

　　再回笊篱沟村的时候，王小毛是开着自己的奔驰车回来的。三十岁的王小毛，如今终于可以扬眉吐气了。他成了一家公司的老板，在城里有了自己的房子。刚一进村，王小毛就急急地来到菊花家。可是，一切都已物是人非。菊花在他离开几天后就已经嫁给了一个矿老板的傻儿子，那五万块钱，是菊花向婆家要的聘礼。

　　王小毛没想到会是这样，他多少次在内心想象着和菊花重逢的场景，可是无论如何也想不到会是这样的结局。

　　昔日辉煌的院子，早已破败不堪。菊花的公公因为矿山破产已经变卖了城里的房产，只剩下村里的几间老宅，自己也因为受不了打击一病不起去世了，家里只有菊花和菊花的傻子男人了。

　　"菊花！"王小毛一进院子就喊了起来。菊花抬起头来，王小毛看到菊花那张脸上写满了憔悴。那张脸多少次在王小毛的梦里清晰着，此刻却是如此朦胧。泪水一下子溢出了王小毛的眼眶，他无论如何都忘不了自己成功的第一块基石是菊花用一辈子的命运换来的。

　　王小毛掏出一张银行卡放在菊花手中说："菊花，跟我去城里吧,这一辈子我会好好报答你。"菊花摇摇头说:"小毛哥,你没让我失望,终于混出个样子来了;可是你又让我失望了,钱再多也买不回一个人的过去呀。"

王小毛怔住了,呆呆地看着菊花说:"你和他离了,傻子我帮你养着,这是一百万,足够傻子花一辈子了。"菊花就哭了,菊花哭着把银行卡装回了王小毛的口袋。菊花说:"小毛哥,我把自己的一辈子卖了五万块给了你,可现在我的一辈子是傻子的,我欠着傻子一条命啊。"

那天王小毛是哭着离开的,那张银行卡菊花到底没有收下。后来,王小毛才知道菊花嫁给傻子后,从不和傻子睡一张床,她在等着王小毛回来。可是有一天,菊花突然病了,是尿毒症。傻子虽然傻,但还是知道把她送到医院,用公公卖掉矿山的钱给菊花换了一个肾,而换的那个肾就是傻子的。医生说,配型能够成功,完全是个奇迹。菊花说,自己的生命今后就是傻子的了。

王小毛又一次望着满山的桃花哭了,哭得像个孩子。这些都是王小毛讲给我的故事,我和他是最好的朋友。讲这些的时候,王小毛已经是省里的明星企业家,已经离过三次婚了。我是家乡的村干部,正在竭力游说王小毛回家乡投资。

王小毛边和我喝酒边说他现在是有钱了,可是钱越多也感觉自己欠的一辈子无法还清的债越多。我说:"人生就是这样啊,谁也逃不脱各种各样的债,管他呢,喝酒,明天我陪你去考察项目。"

一杯酒下去,我们都像一摊烂泥了。

情　匪

　　拉杆子上黑风寨那会儿刘三胡子就跪在关帝庙里的神像前发了毒誓:奶奶的,老子一定要找条活命的道儿!

　　刘三胡子祖祖辈辈都算是这鱼岭山区的穷苦人家。二十四岁那年,给大财主王大麻子放牛的刘三胡子千错万错不该偷偷地恋上了东家的二小姐。

　　那天刘三胡子赶着牛儿上山,远远地看见了王二小姐在采路边山崖上的一支红色的杜鹃花。不料王二小姐一脚踏空,整个身子就悬在了崖边,吓得王二小姐花容失色,大声叫了起来。

　　正在不远处放牛的刘三胡子急忙赶了过来,从崖边探下一只脚,小心翼翼地踏在一棵黄栌木的根部,轻轻托住了王二小姐的身子,噌地一下就把王二小姐送上了崖顶,然后攀着草丛爬了上来,扶住了气喘吁吁的王二小姐。

　　骇得脸色发白的王二小姐猛然看见面前立着一个五大三粗的汉子,正满脸汗津津地扶着自己,明白是这个男人救了自己,不由得垂下了头,脸上泛起了一朵潮红。

　　刘三胡子像拍着一个受惊的孩子似的拍了拍王二小姐的后背,然后用探询的目光看着王二小姐,那意思是,你没事了吧?

　　王二小姐低着头把一方绢帕递给了刘三胡子,让刘三胡子擦去头上的汗水。

　　刘三胡子懵懵懂懂地伸手接过,却被一阵从未闻到过的女人的香味迷醉。怔怔地站着时,王二小姐已一阵风似的飘然而去。

从未接触过女人的刘三胡子就这样被王二小姐给迷住了,那一方小姐的香帕从不离身,没人时就掏出来轻轻嗅一嗅留在上面的淡淡香味,然后用一管自制的竹笛吹出凄婉的调子,引得树上的鸟儿也一声一声地应和着,听得人心里酸酸的。

这事儿最终被王大麻子知道了。那天王大麻子正捧着水烟袋在烟田里转悠,碰巧刘三胡子赶了牛儿从山洼里出来。王大麻子向着刘三胡子招了招手:"过来! 你小子想打我们王家小姐的主意,是吧?"刘三胡子却像没听见似的径直往前走了。

王大麻子就差人捉了刘三胡子一顿好打,然后把半死不活的刘三胡子扔在了荒郊野外。后来,刘三胡子就不见了。再后来,玉皇山顶的黑风寨就闹起了土匪。

据说这匪首就是刘三胡子。一脸络腮胡子,一把长马刀舞得密不透风,刀枪不入。而且刘三胡子只劫大户,穷人过不下去的时候,刘三胡子总会分些粮食、财物接济,因而深得鱼岭山里的庄户人家拥戴。

那夜王家大院火光四起,嘈杂声过后,什么也没少,单单不见了王家千金二小姐。王大麻子派人四处寻找,黑风寨里放出话来:刘三胡子要娶王二小姐做压寨夫人。

王大麻子气得摔了水烟袋,却也没有任何办法,只得派人送了金银财帛,想要换得小姐平安回来。

三天之后金银财帛连同王家千金一并被送回,原来刘三胡子人虽粗鲁,却也遂了王二小姐的意愿,不让王家千金小姐在黑风寨这深山老林里生活,就送还了金银财帛和王家千金,遣散了众匪,只身投奔红军去了。

几年过去了,刘三胡子再回鱼岭时已是红军的区长了,鱼岭山区的天地早已非同昨日。王二小姐早已成了伪县长的姨太太，伪县长被刘三胡子的队伍一枪给毙了，王二小姐也被关进了县里的大牢。

再后来刘三胡子顶着通敌的罪名如愿娶了王二小姐。之后鱼岭山区又发生了动荡，身为区长的刘三胡子被人揪出来要他和地主老财划清界限。

刘三胡子拍着区公所的桌子吼道："老子造反时她还是丫头片儿，和她爹有啥关系！"

尽管刘三胡子造反闹革命有功，但王二小姐身为地主的女儿还做过伪县长的姨太太，免不了被关进王家大院的牛棚，天天被人批斗。

等到刘三胡子赶来，并一脚踹开王家大院的红漆木门时，王二小姐的尸体早已悬在了屋里的梁上。刘三胡子大嘴一咧，抱住王二小姐的身子大哭起来，随后扛起王二小姐，直奔黑风寨而去。

夜里，鱼岭山里的人们又见黑风寨火光冲天。等到人们再上黑风寨时，刘三胡子早已不知去向，黑风寨门前的老柳树上似乎飘着一方小小的旗帜。走近时，原来是刘三胡子一直揣在身上的王二小姐的那方绢帕，早已被鲜血浸透，正在风中摇曳。

从此再也没人上过黑风寨。据说，只要有人惊动了黑风寨，就会风雨大作，鱼岭山里就不会有太平日子。

"刘三胡子就在寨子里住着呢，几十年了他就在黑风寨里看着山下的变化呢。"爷爷给我讲这个故事的时候指着黑风寨的群山对我说。

我顺着爷爷的手望去，只见黑风寨高高耸立着，几片彩云飘在山顶，很像寨子上插满了彩色的旗子。爷爷说，刘三胡子就是他的亲爹，我的祖爷爷。

一地月光

月光从高楼的缝隙里淌下来的时候,王小毛正痴痴地对着色彩斑斓的画布,想着吴老板车里的那个女孩。下午吴老板乌龟壳一样的黑色奔驰停在了工地上,看着工头点头哈腰地和吴老板说着话,王小毛随意瞥了一眼车里,一下就像被施了定身法,半天挪不开步子。

工头向吴老板汇报完工程进度后,走过来狠狠踢了王小毛一脚说:"傻了啊,还不快给老子干活儿去?想不想要工钱?"王小毛一个激灵,连忙迈开步子扛着沙袋向楼梯走去。王小毛边走边在记忆里搜索,迅速确定刚才看到的女孩,没错,是菊子,这一辈子无论走到哪里他都忘不了她。

王小毛想起半年前刚来到城里的场景。那时,他刚刚拿到美院的录取通知书。王小毛以为自己终于可以像其他同学一样高高兴兴地走进大学课堂了,可是后妈一句话就轻而易举地粉碎了他的梦想。后妈说,上大学可以,学费自己想办法。王小毛硬着头皮借遍了所有的亲戚和邻居,垂头丧气地回来了。父亲只是阴沉着脸抽烟,一句话也没有。王小毛无声地哭了,他把被自己的泪水打湿的录取通知书揣进怀里,踩着一地的月光走出了家门。

好在还有菊子,菊子是唯一陪在他身边给他安慰的人。菊子说:"小毛哥,咱不靠他们,靠自己一样可以混出来,我相信你。"

王小毛就带着菊子离开了笨篱沟来到了城里。最开始,他们白天四处找工作，晚上就挤在车站候车室里，相互用体温熨帖着彼此迷茫的心灵。终于有一天，菊子不见了，王小毛找了半夜也没有找到菊子的踪影。王小毛知道，菊子总算是明白了，这样下去不饿死才怪呢。王小毛不怪菊子，只怪自己真的太没用了。

第二天，王小毛终于在一处正在装修的大楼里找到了工作，和工头磨了半天嘴皮子才算被收留了。看来菊子离开他是对的，如今的菊子，浑身的穿着和城里人一样，再也不是刚出来时那个土里土气的乡下姑娘。王小毛苦笑着摇摇头，他知道菊子肯定也认出他了，可是她却低着头装作不认识，王小毛的心再次狠狠地痛了一下。

晚上，从不打牌的王小毛凑到正和工友们打牌的工头跟前，给工头点上一支烟，怯生生地说："李叔，吴老板车里的那个女的，你认识？"工头呵呵笑着，摸着王小毛的头说："咋？你个小毛孩也懂这些？那是吴老板新泡的妞，听说以前是藏龙阁的洗脚妹。赶明儿咱小毛发了，也要娶房媳妇再养几个小的吧！"工友们哈哈地笑起来。

王小毛从乌烟瘴气的工棚里走出来，坐在工地前的一片空地上。昨天下过雨，面前一个大大的水坑泛着白森森的光芒，王小毛抓起半块砖头把那片光芒砸成无数的碎片，光芒的碎片一闪一闪的，就像王小毛的心一样。抬头，王小毛就看见一轮明晃晃的月亮正照着这座城市。

王小毛没想到菊子会来找他。王小毛顶着一头的水泥粉尘下来，看到菊子正挺着大肚子看着他，就把头扭向了一边。菊子走上前来，用手擦王小毛脸上的灰尘，王小毛一闪身就躲开了。菊子把一张银行卡塞在王小毛手上说："小毛哥，不管怎样，别忘了你的梦想。"

王小毛一扬手,那张卡就飞了出去,落在了远处的地上。菊子跑过去,艰难地俯下身子捡起来,再次放到王小毛手上说:"小毛哥,我知道你嫌这钱脏,可我没有别的办法可以帮你啊。"说完,捂着脸上了一辆出租车。王小毛怔怔地站着,尝到了泪水和着水泥涩涩的味道。

秋天的时候,王小毛再次拿到了美院录取通知书,这次是中央美院的油画专业,他要离开这座城市,哪怕一辈子都不回来。临走的那天,他决定偷偷地去看一眼菊子。他悄悄地跟踪过吴老板,知道菊子就住在桂苑小区的一套别墅里。

顺着排水管爬上二楼,他躲在露台的一个硕大的花盆背后,隐约看见菊子正抱着孩子和吴老板说着话。吴老板背对着露台坐在沙发上,抽着烟说:"你想好了,明天我就送你走,咱们两清了,以后永远不要再来找我。"菊子低着头,撩起衣服给孩子喂奶,好半天才抽泣着说:"可孩子是我的,我舍不得。"吴老板干笑了两声说:"我可是花了大价钱的啊,我给你的钱是你十年二十年甚至一辈子都挣不到的,再说咱们可是有言在先的哦。"菊子就垂下头去,抽泣着。

王小毛握紧了拳头,恨不得冲上去一拳砸在吴老板脸上,可是他不敢。远远地,他看着菊子再次把雪白的乳房往孩子嘴里塞了塞,窗外照进来的月光在那只裸露的乳房上跳跃着,让他一阵阵眩晕。他连忙闭上眼睛,却弄出了一声响动。

"谁?"吴老板一边问道一边向王小毛的方向看过来。王小毛赶快顺着排水管哧溜一声滑了下去,踩着满地的月光飞奔而去。

第二天,王小毛坐上了开往北京的火车,看着这座城市一点点地远去。打开上车前买的报纸,一则新闻吸引了他。《富翁借腹生子,小三恋儿跳楼》,硕大的标题像一排利箭,一下子射进了王小毛的心里,报道里说桂苑小区一栋别墅里,一个被有钱人包养的女人昨晚刚刚跳楼自杀。王小毛把报纸捂在胸口上,呜呜地哭了出来。

许多年后,著名画家王小毛的画展在这座城市举行,所有作品都被拍卖一空,只有一幅题为《月光曲》的油画,无论多少钱王小毛都不卖。据说那幅画画的是一位年轻的母亲在月光下哺乳,那裸露的乳房闪着一种淡淡的光晕,跳动的光芒像一枚枚利箭,毫无遮拦地刺进人们的心里,让所有看过的人久久地被刺痛,彻心彻肺。

第二辑

薰衣草庄园之梦

飞　翔

　　"等风筝飞上蓝天的时候，你的病就会好起来的。"父亲总是对儿子这样说。

　　"风筝能飞过前面那座高楼吗?"儿子忽闪着大眼睛问父亲。

　　"会的，一定能飞过那些楼房，还能飞到云里去呢!"父亲望着远处蓝蓝的天空说。

　　儿子笑了，苍白的脸上浮现出一丝从未有过的红润。

　　父亲低头不语了，仔细地用彩色的纸粘贴着风筝的翅膀。那是一只用竹片和彩纸做成的鹰，父亲把它制作得非常逼真，可是这仍然是一只飞不起来的雄鹰。父亲已记不清自己粘了多少次，又拆了多少次，可是这一只风筝仍飞不起来，尽管父亲已经偷偷地试飞了无数次。

　　父亲很是懊恼。尽管父亲总是极有耐心地对儿子说："你好好地在床上躺着，等风筝飞起来的时候，你的病一定会好起来的。"

　　儿子总是扑闪着大眼睛说："真的? 可是医生阿姨说我的病是治不好的，我听见医生阿姨悄悄地对你说过。"

　　父亲说："医生阿姨也说过的啊，只要你听话，好好配合治疗，再难的病也会治好的。"

　　儿子静静地看着父亲，轻轻地点了一下头。

　　父亲说："小时候，我像你这么大的时候，也得了一场大病，最怕打针了，奶奶告诉我，只要听话，什么病都能治好的。奶奶还为我做了一只风筝，一只好漂亮的风筝呢，说是只要在心里许个愿，风筝就会把所有的痛苦带上蓝天，飞得远远的，所有的病痛都会消失得无影无踪，像天上的云彩一样慢慢散去，什么也没有了呢。"

最后，父亲就认真地对儿子说："你想要一个漂亮的风筝吗？"

儿子也认真地说："想啊，我想对着风筝许个愿，让爸爸再找一份好工作，哪怕彩票中奖也行，把咱们卖掉的房子再买回来，我要让妈妈回来看看我们一样过得很好。我要让风筝自由地在天上飞呀飞，一直飞到白云里面，把我的心愿告诉天上的神仙爷爷……"

父亲转过脸去，泪水悄悄地流了出来。父亲搂住儿子说："好，爸爸这就给你做一只最漂亮的风筝。"

父亲就买来了竹条儿和彩纸，仔仔细细地绑好了骨架，糊上色彩斑斓的翅膀。父亲下定决心要为儿子做一只美丽无比的风筝，让儿子的梦想随着风筝去白云里飞翔。

可是父亲总是失败，因为父亲从没做过风筝。

绑得好好的骨架，粘贴得五彩缤纷的翅膀，为什么就飞不起来呢？父亲一次次地举着风筝在窗外的草坪上奔跑，跑得满头大汗、筋疲力尽，却总是没有办法让这只风筝飞上天空，哪怕是飞过自己的头顶。

父亲对儿子说："现在是冬天，等到窗外的樱花开了的时候，爸爸的风筝就会飞上蓝天的，你的病也就好了。"

儿子艰难地坐起来，轻轻地擦去父亲额上的汗水，对父亲说："风筝会飞起来的，爸爸。"

父亲就抚摸着儿子苍白的脸说："会的，风筝一定会飞起来的。"

冬天慢慢地过去了，父亲坐在儿子的床前，把风筝拆了又拼起来，然后再糊上漂亮的彩纸，又做成了一只展翅翱翔的鹰，再偷偷地在草坪外的小路上开始试飞。

可是这只看似展翅翱翔的雄鹰却永远飞不过父亲的头顶。清晨父亲在儿子还在梦里的时候，偷偷地一个人带着风筝在院子里一遍一遍地试飞。可是那只不争气的风筝还是飞不起来，直到父亲跑得筋疲力尽，最后被一块砖头绊倒在地，擦伤了脸颊也还没有飞起来。彩纸做成的鹰微微张着嘴巴，那两只被父亲用碳素墨水精心画上去的看上去很生动的眼睛，似乎带着一丝嘲笑地盯着父亲，让父亲突然有了一种不祥的预兆。

父亲坐在水泥路沿上，失望得几乎流下了泪水。回头，父亲看见儿子正静静地趴在窗沿上看着父亲，看着远处的蓝天，父亲飞快地跑上楼去。

儿子爬上父亲的肩头，轻轻抚摸着父亲脸上的伤痕对父亲说："爸爸，我不看病了好吗？家里什么都没有了，妈妈也走了……"

父亲紧紧地搂着儿子说："傻孩子，爸爸会有办法的，风筝飞起来的时候，你的病就会好起来的，爸爸一定会有办法的，乖儿子，要听话。"

儿子点点头，不再说话了，只是静静地看着父亲手里的风筝。

春天说来就来了，窗外的樱花开了，草坪也绿得格外醒目。儿子的病似乎越来越严重了，尽管父亲每次总是对儿子说，病会好起来的，你看，樱花开了，春天来了。

父亲没有听从医生让孩子出院的劝告，一个人回去借钱去了，他不相信活蹦乱跳的儿子真的会就这样离他而去。回到病房，父亲一眼就看见了儿子床头上的风筝。儿子挣扎着想坐起来,父亲连忙扶儿子躺下。儿子对父亲说:"爸爸,风筝会飞了,我给风筝的尾巴上粘了飘带。"

父亲这才发现风筝的尾巴上多了几条长长的飘带,父亲终于明白了为什么自己做的风筝总是飞不起来了。原来同样没有放过风筝的儿子比自己还聪明啊,父亲想。

儿子的神色显得比过去几天都好,父亲的心里也轻松了许多。父亲扶着儿子在靠窗的位置坐了起来,儿子说:"风筝飞上天的时候,天上的神仙爷爷真的会收到我的心愿吗?"父亲点点头。儿子说:"我有好多的心愿,我要爸爸早点儿找到工作,然后找一个妈妈,挣到好多的钱,最后再买一座大房子,这样,爸爸就不用到处借钱给我看病了……"

父亲的眼睛一下子就湿润起来了。儿子吃力地在纸条上写下了自己的心愿,交给父亲,要父亲把它贴在风筝的身上,然后说要让它飞上天空。

父亲轻而易举就把那只他原本总也飞不起来的带着儿子的心愿的风筝放上了天空。父亲轻轻地抖了抖手中的线轴,回头就看见了窗口边儿子的小脸上荡漾着幸福的笑容。风筝终于挣断了父亲手中的线,轻轻地飘过了对面的高楼。父亲快步回到儿子身边,扶儿子躺下。儿子紧紧地抓住父亲的手,微微地笑着,慢慢地闭上了明亮的眼睛,这时,那只父亲试飞了千百次的风筝终于飞上了蓝天,正掠过城市的楼群,悠悠忽忽地向白云飘去。

父亲顿时感觉病房里突然暗了下来,整个楼房似乎都在剧烈地摇晃着。父亲伤心欲绝地哭喊着,直到医生站在他的面前。医生检查完儿子的身体后,轻轻地叹着气告诉父亲,儿子的病能够熬过漫长的六个多月已经是一个医学奇迹了。医生还告诉父亲,其实那只能飞的风筝是儿子托他买的,父亲做的那只被儿子放到了床下，儿子要让父亲在他死后把它和自己一起焚化，然后带它去另一个世界。儿子不知道不是父亲亲手做的风筝是不是也能把自己的心愿带到天上，但儿子还是希望天上的神仙爷爷保佑父亲一切都好起来。

父亲看看窗外，天上的那只鹰形的风筝早已飞得无踪无影了，蔚蓝的天空只有几缕白云轻轻地悬浮着。父亲看着儿子安详的脸庞，泪水再一次流了下来。

天　火

窗外蛐蛐儿的叫声一声比一声更紧，我知道又是大狗他们在叫我玩了。

我抬头看了爹一眼，爹却说："臭毛，你给我乖乖地在屋里待着，再胡乱跑小心我打断你的狗腿。"

我便默不作声地走到灶台上的煤油灯下，掏出兜里的小人书，装模作样地看了起来，眼睛却忍不住偷偷地朝窗外一个劲儿地瞟着。

窗外的蛐蛐儿的叫声一声紧跟着一声，我知道是大狗他们早就等得不耐烦了。

爹瞪了我一眼，见我正津津有味地看着书，就到堂屋去了。

我听见娘的叹息声了，娘说："你拿回来的麸子粉早就没了，地里的棒子还嫩着哩，队里也不知道啥时候分粮，孩子们都没吃的了呢。"

爹说:"你只管到队里挣工分吧,明天我到学校去再想想办法。"

娘说:"这青黄不接的时节,上哪儿想办法呀？你只顾着教书,我又走不开身子,连河沿上的灰灰菜都被人挖光了呢,家里早就没东西下锅了啊。"

我爹不吱声了,很久才叹了口气。

我拿起弹弓,趁着爹和娘纳闷儿的时机推开木格子窗户跳了出去。果然,大狗他们正蹲在墙角等我呢。

大狗说:"快走吧臭毛,场院里正在斗阶级敌人呢!"

场院里果然灯火通明,我和大狗从大人们的胳肢窝下探出头来一看,只见里面燃着一堆火,火堆后面的大哑巴腰弯成了一只大虾米。被五花大绑的大哑巴和身边瞪着两只大眼睛的小哑巴每人胸前挂着几只青皮的玉米棒子,火光映得大哑巴的脸更像小人书里的叛徒一样面目狰狞。

队长双手叉腰,指着大哑巴的鼻子说:"就是这个家伙,竟然公然挖社会主义墙脚,趁收工时偷了队里的苞米棒子。对于这样的人,大家说该不该和他斗争到底？"

"该!"人群里发出雷鸣般的吼声。

接着人们像潮水一样涌向大哑巴和小哑巴。

有人喊了一声:"打倒这个阶级敌人!"

人群中响起了炸雷般的回应,紧接着噼里啪啦的耳光响在了大哑巴的脸上。

小哑巴哇哇地哭了起来。大哑巴头垂得更低了,一声不吭地迎接着人们的拳脚。

疯狂的人们终于停了下来。大哑巴依旧耷拉着脑袋。小哑巴也停止了哭声,瞪着两只惊恐的大眼睛,圆溜溜地瞅着人们。

队长喊了一声:"走,拉上这两个阶级敌人游街去,看谁还敢偷集体的东西!"

大狗喊道:"臭毛,快让阶级敌人吃一粒'枪子儿'!"

我拉满了弹弓刚要射出去的时候,却被人从背后一下子拧住了耳朵,回头一看,原来是娘怒气冲冲地站在身后。

娘说:"臭毛,你爹叫你回去,快点儿走,小孩子在这儿瞎掺和啥哩!"

我咧着嘴跟着娘往人群外边挤去。

一直默不作声的大哑巴却突然不走了,哇啦哇啦地喊着,一下子跪在队长面前,头使劲地在地上磕出了殷殷的鲜血。

人们怔住了,狂热的人们一下子变得鸦雀无声了。娘说大哑巴的意思是说小哑巴已经几天没有吃东西了,求队长游完街后把苞米棒子送给小哑巴解解饿。

回去的时候,爹已经把浸了水的草鞋底子拿在手里等着我了。爹一边抽着我的屁股一边说:"好你个臭毛,再敢欺负大哑巴,小心遭了天火!"

冬天很快就到了,我看见大哑巴把山上的刺梨、黑枣连枝砍下来一捆捆地背回来挂在了草屋的屋檐下,黑的、红的,一簇簇的,十分诱人。

娘说这是大哑巴给小哑巴留下的过冬的食物。"唉,小哑巴也真是可怜啊,没娘的孩子。"娘叹息道。

娘还说,以后别欺负大哑巴和小哑巴了,欺负好人是要遭天火的。娘说天火很厉害,做了坏事的人就会不知不觉中被老天爷用天火击中,烧成灰烬。

可是我和大狗还是禁不住黑黑的黑枣、红红的刺梨的诱惑,我们合计着晚上去偷大哑巴的黑枣。到了晚上,大狗用一根长木杆子搭在大哑巴的草屋檐上,我脱掉鞋子就往上爬。

终于够着那一串一串的黑枣和刺梨了,我将了一把塞进嘴里。还没尝出滋味,就听见大哑巴的草屋门吱呀响了一声,大哑巴站在我的脚下哇哇地喊了起来。

大狗喊了一声"不好",就丢了正扶着的木杆子撒腿跑了。失去了支撑的木杆一下子就倒了下去,我恐惧地叫了一声就什么也不知道了。

迷迷糊糊中,我感觉到嘴边有一种热乎乎的黏黏的涩涩甜甜的糊状的东西,我张嘴就咕咚咕咚地喝了起来。

睁开眼睛,我一下子就看见了大哑巴那张狰狞的疤脸。

见我醒了,大哑巴咧开嘴巴呵呵地笑了起来,样子却比哭还难看。小哑巴站在我的面前,手里端着一只黑乎乎的碗,碗里漂着煮熟的黑枣,还冒着热气。

我一骨碌爬起来就跑,大哑巴在身后哇啦哇啦地喊着、撵着。我跳过大哑巴家的篱笆墙,回头就见大哑巴伸手来拽我的衣服。我急了,回头就是一弹弓,大哑巴捂着脑门停住了。我看见大哑巴的指缝里渗出了血。

春天来的时候,生产队却解散了。大人们分了队里的东西和土地,再也不在一块儿干活了。场院上也冷清了,再也没有人在这里斗阶级敌人了。我和大狗也被爹领到村小学上学了。

而小哑巴却不见了,听大人们说是被人贩子卖到山外去了。

大哑巴一下子好像老了许多,见人就哇啦哇啦地比画着。爹说大哑巴想要向别人借钱去山外找小哑巴。爹就把准备给我买新衣服的钱给了大哑巴。

几个月后大哑巴就回来了,大哑巴回来后就整天闷声不响的,满是疤痕的脸看起来更加狰狞了。听大人们说,大哑巴找到了小哑巴,却没有办法从山外人那里要回小哑巴。

夜里人们看见村头上空红透了半边天。天火终于来了,大人们说,有人遭天火了。

天亮的时候我却看见了大哑巴。大哑巴已经变成了一团黑乎乎的球状的东西,被人们从灰烬中扒了出来。大哑巴的草屋不见了,只剩下一圈热烘烘的土墙。

我高兴地喊道:"阶级敌人死啰!"

啪的一声,我的脸上却挨了爹的一巴掌。爹说:"再胡说我打死你!"

娘却说:"臭毛,过来给你干爹磕头。"娘说:"大哑巴其实就是你这一辈子的恩人啊。那年队里草料房失火,是小哑巴他爹把你救出来的,他脸上的伤疤都是为救你才烧的啊!"

"唉,好人咋也遭了天火呢?"娘叹了口气,泪水哗哗地流了下来,滴在了还冒着烟的灰烬上。

我看看爹,再看看娘,然后对着大哑巴的尸体重重地跪了下去。

月色如水

那一年夏天,雨水似乎特别多,像是一缕缕牵扯不断的丝线,把他的心搅得越发凌乱。

一个人徘徊在雨幕中。他竟然一下子没有了方向,不知道何去何从,一种深深的迷茫萦绕在心头。从家里出来时,他曾在心底暗暗发誓,一定要混出个人样儿来,不为别的,只为争一口气,给那个整天对他没有一丝好脸色的继母看看。然而,一切都不是他想象的那样简单,这座城市很大,但依然没有人会接纳他这样一个笨拙得有些呆头呆脑的农村孩子。

他跑遍了整个城市每一个劳务市场。出来时这个世界上唯一关心与爱护他的奶奶把自己平时积攒的几百块钱全部给了他,而他又一分不剩地交给了街道边那些职业介绍所。可是,依然没有人接纳他,哪怕是凭着自己的力气维持生存的机会都没有。他开始感觉到绝望,从来没有过的恐惧感像毒蛇一样紧紧地缠住了他的心。他不想被饿死,可是命运似乎已经把他逼上了走投无路的境地。

那一晚,饥肠辘辘的他从天桥下探出头来,看着细细密密的雨幕中匆匆走过的行人,突然冒出一个大胆的想法。他紧紧地攥着一把从垃圾堆里捡来的生锈的水果刀,尾随着一个撑着一把紫色花伞的女孩,进了一个狭窄的小巷。到了墙角的暗处,他猛地把刀架在了女孩的脖子上。他听见了女孩惊恐的叫声,手中的刀差一点儿掉在了地上。等女孩稍稍平静下来,他用颤抖的声音说:"把钱包给我。"他看到了那个女孩的眼睛,很美很美。不知是雨水还是汗水从他的脸上流了下来,他害怕得差一点儿就要弃刀而逃。女孩明白了他的意图后,就把钱包递给了他。他一把抓过钱包,跑进了雨幕深处。那一年,他刚过十七岁。

拿着女孩钱包里的钱,他终于饱餐了一顿,也很快找到了一份看守工地的活儿。女孩小小的钱包被他塞进破旧的被褥下面。他害怕有一天被人发现,工地上到处都是干活儿的民工,他连扔都没地方扔,只好就这样提心吊胆地放着,从不敢让人看见。那一天,工地上刚刚发了第一个月的工资,听工友们说不远处的一家小店有便宜的衣服卖,他便跟两个工友去了。

刚进店门,隐隐约约感觉有一道目光如闪电般朝他射来,抬头看时,却已闪躲不及,店堂里坐着的正是那个被他抢走钱包的女孩。他慌忙夺路而逃,折回工地取了自己的几件破衣服准备逃走时,却看到那个女孩和两个工友一块儿走进了工地。他索性放下了手中的东西,呆呆地站着。

过了好长时间,女孩走到他身边说:"你好,可以跟我出来一下吗?"他木然地跟着她,来到工地外面的一处草坪上。他呆呆地望着天空,只听见女孩在他身边轻轻地说:"今晚的月亮真美啊。"他低头看看脚下,果然是一片如水的月光。

他喃喃地说:"既然你认出了我,为什么不报警呢?"女孩笑了,美丽的眼睛如这月光一样清澈。女孩微笑着说:"我相信你不是坏人。"他无声地哭了,泪水模糊了双眼。女孩告诉他,她就在那家服装店打工,她来找他,不是要讨回被他抢去的钱,而是因为那个钱包里装有她唯一一张与已经去世的母亲的合影,母亲是她在这个世界上唯一的亲人。他把钱包还给了女孩,并把身上所有的钱偷偷装了进去。

那一夜,在如水的月色中,他们聊了很久。

后来他在工地上忍受着领班的呵斥,默默地努力着,每当坚持不下去的时候,他的心里就会浮现出那一夜月光下的情景。再后来,他在工地上完成自己的学业,靠着自己的努力,终于有了稳定而又体面的工作,而那个女孩最后成了他的妻子。

每到月朗星稀的夜晚,他总会带着妻子去郊外,在青青的草地上,遥望天上一轮明月,欣赏一地月光。这时,一种感动总会在他心底轻轻流淌……

小桃的职业

收到小桃寄回来的两万块钱,给娘交了住院费,安顿好娘之后,良子决定到城里去看小桃。

小桃走的时候,两人结婚才半年,可是娘病了,良子拗不过小桃,就同意了小桃到城里打工。小桃出去后,不到两年就给家里挣了两万块钱,良子觉得不对劲。尤其是从柱子手里接过汇款单的时候,看着柱子别有意味的神情,良子心里越发有种不踏实的感觉。

良子就安排了放暑假在家的小妹到医院照顾娘,独自一个人去了城里。良子没有提前给小桃打电话,因为直到现在,良子还是搞不清楚小桃在城里到底是做什么工作的,为什么会赚到那么多钱。会不会像村里其他那些女孩子一样,在城里干着什么见不得人的事泥?要是那样的话,良子是绝对不会饶了她的,良子心里想着。

小桃的职业在良子心里永远是一个疙瘩。良子问过小桃很多次,小桃总是岔开了话题,要么就是用沉默来代替回答。良子被小桃职业的问题折磨得快要疯了。良子想,要是小桃真是在外面当小姐或被有钱人包养了,就和她离婚。

城里的路真是难找啊,费了好大的劲儿,良子终于找到了美院。良子只知道小桃在美院打工,可这么大的美院,上哪儿去找小桃呢?良子犯了难,找人问,可是别人都听不懂良子的方言,良子只好坐在小路边抽起了闷烟。

突然前面出现了一个身影，良子定睛一看，那个人像极了小桃。良子就闪进了旁边的一座假山背后，等到小桃走过去之后，远远地跟了上去。

走到一座楼前，良子看见小桃和一个大胡子男人打了招呼，跟着大胡子上了楼，进了一间屋子，然后就见大胡子拉上了窗帘。良子的心不由得沉了下去。良子气极了，原来村里人的传言没错啊。良子两眼通红，使劲地撞开了那扇关着的门。

啊！良子看见小桃正一丝不挂地坐在屋子前边的一个台子上。看见良子进来，小桃惊慌失措地叫了起来。台下站着大胡子，还有几十个年轻人，正举着画笔画着小桃的裸体。良子疯了似的扑向小桃，但被大胡子拉住了。

良子气愤地回去了。良子回去就一言不发地把家里的房子抵押给信用社，托柱子帮忙贷了两万块钱，然后去城里找小桃。良子把钱扔在小桃面前，怒气冲冲地说："从今往后咱们两清了，你爱让大胡子怎么摆弄都行！"

小桃哭着拉住良子说："良子哥，我没有对不起你，我只是为了咱娘的病，还有小妹上学。这两样哪样都需要钱哪！"

良子说："为了钱你就可以让人围着看你的身子吗？你不知道羞耻，我良子还要脸面！咱们明天就回去离婚！"

第二天，良子就拉着小桃要离婚。小桃哭着跪在良子面前，死活不肯。就在僵持不下的时候，小妹托人捎信说娘快不行了，让良子赶快回去。

良子回去的时候，发现小桃偷偷地跟了回来。回来的时候，娘却去世了。办丧事的时候，良子死活不让小桃给娘戴孝。良子瞪着血红的眼睛对小桃说："滚回城里去，俺娘没有你这样不要脸的儿媳妇！"

小桃哭着走了。办完娘的丧事，小妹的高考录取通知书却到了。看着通知书上的学费，良子一下子不知道怎样才好。

再到城里时，是接到小桃遭遇车祸的死讯之后。良子本来是硬着心不去的，可是想到毕竟人已经不在了，没有必要跟死人计较。

从城里的警察手里领到赔偿款后，听警察说小桃是喝醉后被车撞的，对车祸也负有一定的责任，良子突然感到对不起小桃。整理小桃的遗物时，良子发现了小桃留给他的最后一封信，小桃说："良子哥，看来我只有用死来证明自己的清白了，我死后，车主给的赔偿款可以供小妹上完学，还可以用来把房子盖一下，以后还可以再找一个对你好的女人……"

良子哭了，良子哭着找到了大胡子，大胡子说："多可惜呀，小桃只是一个职业模特，她没做错什么，是你害了她呀！"

良子一下子哭晕了过去。

发哥带我闯江湖

"到了省城，有我发哥，保证你一个月挣的比康叔种一年的庄稼挣的还多。"发哥说着，一仰脖子，一杯火辣辣的烧酒就咕咚一声下了喉咙。

我痴痴地望着发哥满是油光的厚嘴唇。

"那是，那是。"我爹点着头，像见了村主任一样低三下四。

回过头,爹的目光像火一样全部射在我的身上,我禁不住低下了头。我知道,在村里除了村主任,发哥是跺一下脚山旮旯就会抖一抖的人,因为发哥是村里第一个盖起小洋楼的人。

"还不快给发哥倒酒!"爹朝我吼道。

我慌忙抓起桌上的小铜壶,先给发哥满上,再给我爹倒上,然后举起酒杯对发哥说:"我敬发哥一杯,出去还得发哥多照应。"说完,我一仰头喝了下去,火辣辣的液体呛得我眼泪差一点儿流了出来。我听见爹满意的笑声,爹说:"二子,大学考不上,就好好跟着你发哥学赚钱吧。"

我第一次没让我爹失望,第二天就跟着发哥到了省城。省城比我们小县城大多了,我还没来得及四处看看,就被发哥带到了豪迪洗浴城。

我瞅着进进出出的一个个大肚子男人,还没弄明白为什么城里的男人总喜欢花那么多的钱到这么大的澡堂子洗澡时,发哥却不知道从哪儿弄了一套崭新的西装丢给我说:"换上,衣服钱在你工资里面扣。"看我换上了笔挺的西服,发哥满意地捶了我一拳:"好条子,跟着发哥混吧。"

老板是个胖女人,脸上的妆化得跟随时要上台唱戏似的。发哥说:"快叫凤姐。"我怯怯地叫了一声"凤姐",凤姐瞟了我一眼,头也不抬地说:"小伙儿长得不错,当服务生吧,一月六百。"我一下子兴奋起来,仿佛一下子看到了我爹那张被酒精烧红的脸,正光芒四射地看着我寄回去的钞票。

在豪迪干了一个星期,我终于明白了,城里那些大肚子男人,他们总喜欢来这里不光是洗澡,而是冲着二楼那些裙子很短的女孩子。我看着他们洗着洗着就穿着内裤上了二楼,然后二楼那些姑娘们就会争着抢着涌上来。客人会搂着她们其中的一个进入一个灯光昏暗的包间，然后我得直挺挺地站在包间门口，随时听候客人的吩咐。很快，包间里会响起夸张的叫喊声。我当然明白包间里发生的事情，我已经是十七岁的男子汉了，我明白发哥干的肯定是缺德的事儿，但我不敢回去，我害怕爹那张整天被苞谷酒烧得通红的脸。

发哥很忙，过一段时间总会来一趟，带着几个怯生生的小姑娘，对凤姐说："都是初中刚毕业的，嫩着哩，凤姐你可要照看好哦！"凤姐会眯着画了黑眼圈的小眼睛，把这些女孩子从头到脚一个个仔仔细细地看一遍，点点头，然后甩给发哥厚厚一沓钞票。之后发哥就吹着口哨潇洒地走了。凤姐带着那些女孩子上楼，不一会儿就有女孩子哭着跑了出来，但马上就会被门口的几个凶神恶煞的男人拉回来。渐渐地，那些新来的女孩子就不会哭闹了，我知道她们和我一样，都来自山里那些沟沟壑壑里的村庄，她们的家里也一样需要钱，她们也一样害怕她们的爹娘那一双双通红的眼睛。

有时候发哥也来看我。发哥拍着我的肩膀说："二子，好好干，等你混得差不多了，发哥带你赚大钱，谁让你爹是俺老叔呢。"我感激地对着发哥笑笑，发哥吹着口哨就走了。

发哥带来的那些女孩子，凤姐会嘱咐我好好看住她们，我就随时跟着她们，不让她们有任何逃走的机会，凤姐就给我涨了工资。发哥来时总会夸奖我几句，并说很快就要带我去赚大钱。

那一天，发哥来的时候又带来了一个女孩子，照样从凤姐手里拿了钱，高兴地走了。凤姐回头对我说："二子，给我看好了，姐不会亏待你的。"我点着头，跟着她们上楼的时候，突然觉得这个女孩有点儿面熟。

很快，凤姐带着女孩换了露着大腿的超短裙。我看着女孩被一个肥胖的男人扯进了包间,包间里响起了撕扯声和女孩尖利的哭声。我突然想起来了,那个女孩特别像我高中时暗恋的对象关小艳。只是关小艳此时已经在这座城市上大学了,而我却只能在这个地方为家里的弟弟妹妹们挣学费。我知道,这一辈子我都不敢和关小艳比,但我还是常常在夜深人静的时候想起她。

哗啦一声,包间的门开了,那个长得像关小艳的女孩捂着被撕烂的衣服跑了出来,那个胖男人也捂着被抓伤的脸跟了出来。

胖男人的吼叫声惊动了凤姐,凤姐一边赔着笑脸,让另一个女孩搂着客人进了包间,一边甩手抽了那个像关小艳的女孩一耳光,并吩咐身后的几个男人扭住女孩往另一个包间拖。我知道他们要干什么,连忙对凤姐说:"凤姐消消气,把这个姑娘交给我,我来劝劝她吧。"

凤姐看了我一眼,点点头。那几个男人退下去了。我拉起女孩进了另一个包间,女孩惊恐万分地看着我,我一把掏出口袋里刚刚领到的工资放在女孩手上,示意她不要出声。半夜两点的时候,我悄悄地带着女孩从后面的小门出去,那是预防警察突袭时用来逃跑的通道。我一直把女孩送到街上,拦了一辆出租车送走了女孩,才回到宿舍。

第二天,我被凤姐叫来的那几个男人狠狠地打了一顿。发哥也赶了过来,在我沾满血迹的脸上狠狠地扇了一耳光,然后飞起一脚踢在我的屁股上说:"要不是看在你爹的份儿上,老子打断你的狗腿,滚吧!回去少跟村里那些人乱说!"

我一拐一瘸地滚回槐树洼村的时候,我爹正在哼哧哼哧地起猪圈。我爹用沾满猪粪的大手一巴掌扇在我的脸上,然后骂骂咧咧地扔了铲子,又开始喝酒。我知道,我又让我爹失望了,低着头,任我爹那被酒精烧红的目光在我身上扫射。

第二天,我来到了村小学,当了一名代课教师。两年后,我拿到了自考大学文凭。第三年,我通过考试成了一名正式教师,和大学毕业的关小艳分到了同一所中学教书,而且正式和关小艳谈起了恋爱。

我爹还是一喝酒就醉,醉了就骂我不会像发哥一样赚大钱,至今连和关小艳结婚都结不起。直到有一天,爹突然打电话叫我回去。我带着关小艳回去的时候,爹又摆上了酒。爹说:"发哥被抓走了,下午村里来了好多警察。"我连忙说我听说了。

爹就开始喝酒。爹喝着酒说:"二子呀,爹不怪你没挣到钱,你走的是正道。"爹说着,又是一大杯。喝了酒的爹脸上又开始发出通红的光芒,看我的目光却渐渐柔和了下来,慢慢地变得像放了蜂蜜的水,弄得我浑身不自在。

梅子的眼泪

眼看着离梅家洼的老路越来越近了,梅子却有了一种想哭却哭不出来的感觉。两颗清泪就挂在梅子苍白的腮边,如洁白的荷花上滚动着的两滴晨露,晶莹剔透的,一如梅子记忆中多年以前的那个早晨。

梅子心里就想,梅家洼是多年以前的梅家洼,可如今的梅子已不是以前的梅子,再美的荷花也是残荷了。梅子终于哭出声了,她坐在梅家洼的小路旁的石头上哭得天昏地暗。

梅子想起了娘和石头,梅子离开梅家洼的时候,石头正眼巴巴地收拾房子,等着梅子和他结婚。可梅子不同意,她想凭自己的美丽过上城里人的生活,于是就选择了打工。娘留不住梅子,娘说:"你走吧,走了就别回来,就当我没生你这个女儿!"

梅子就头也不回地走出了梅家洼。

梅子走了,石头就坐在梅家洼的小路旁的石头上抽了一整天的闷烟。梅子走了,石头也就想开了。石头就想,走了就走了吧,梅子长得那么俊俏也不该一辈子窝在这小山村里,梅子也许天生就应该过得像城里人那么滋润,梅子永远属于外面的世界。

想通了石头就回去了,石头回去后就扛起了铺盖卷儿住进了梅子家。石头长跪在梅子娘面前,扶着梅子娘的膝盖说:"娘,梅子不回来了也罢,从今往后我石头就不再是梅子的丈夫,我就是她哥了,你就把我当成你儿子看待吧。"

梅子娘就哭了。梅子娘老泪纵横地扶起石头,大声号哭着骂梅子:"挨千刀的、没良心的死妮子哟,咋就身在福中不知福呢?"石头就含着泪扶起了梅子娘说:"娘,别怪梅子了吧。"

梅子出去不到半年就给家里寄了很多钱,梅子娘就原封不动地退了回去。梅子娘说:"咱娘儿俩不稀罕钱,有石头在,我这一把老骨头还图个啥?"

石头就念着梅子的信说:"娘你别生气,梅子在信上说她在工厂里当会计呢,工资高着呢。"梅子娘说:"石头你真傻呀,自个儿的妮子,娘还不知道? 梅子有啥学问,能让她在城里当会计? 儿啊,你就别糊弄娘了。"

石头不语。

梅子离家三年后,梅子娘就病了,乡里的医生说是瘫了,治不了的。石头用架子车拉回梅子娘后,就背了背篓疯了似的进山挖草药。石头想,娘好好的咋说病就病了呢? 等挖了草药挣到钱再上县里的医院去,娘的病一定能治好的。

　　梅子依旧坐在梅家洼的小路旁的石头上,梅子想,该咋进村呢? 村里人会咋说呢? 梅子想了又想,就到路边的小溪里洗掉了脸上的浓妆,躲到一块石头背后换了三年前从家里带走的衣服,然后提了包向梅家洼走去。梅子又想起了赵胖子,那个用钱买去了梅子三年青春和美貌的城里男人。梅子想起了那个雨夜,那夜的雨真大呀,大得满世界都被这雨声吞没了。

　　城里的大街小巷霎时就变成一条条河流了。那晚梅子一个人在赵胖子的酒楼里值班。就在空无一人的餐厅里,赵胖子就像一头发怒的棕熊,在满世界的雨声里,梅子完成了一个女人的质变过程。

　　梅子就真的成了赵胖子酒楼里的会计。梅子可以不像其他女孩子一样整天枯燥乏味地上班。梅子感觉到了其他女孩子看她时的嫉妒与鄙夷,可是梅子不在乎这些。梅子是财务部经理,有了城里人的房子,有了城里人穿也穿不完的时装,有了城里人清闲舒适的生活,尽管她知道这是不会长久的。但梅子觉得值,终于可以逃离梅家洼的穷苦日子了。

　　梅子打算和赵胖子结婚的想法绝不是偶然。梅子知道,赵胖子有的是钱,虽然比她大二十多岁,但也只有他能让她变成真正的城里人。

　　梅子在那天晚上赵胖子肥猪似的从她身上滚下来的时候,搂着气喘如牛的赵胖子说:"咱们结婚吧。"

　　赵胖子像触电了似的坐了起来,目光直逼梅子:"你? 结婚? 凭什么?"

　　梅子平静地说:"就凭我给你怀了儿子。"说着,梅子从枕头底下抽出一张化验单。

赵胖子嘿嘿地笑了。赵胖子说：“我要有儿子现在比你还大呢，你以为你能讹住老子？”

　　赵胖子嘿嘿的冷笑让梅子不寒而栗，赵胖子狠狠地甩给了梅子一个清脆响亮的耳光就永远从梅子的世界里消失了。

　　梅子捂住被子哭了一夜。梅子想，城里人真不是好东西，千错万错，悔不该当初没听娘的话，没和石头好。

　　梅子不甘心，就到处找赵胖子，可赵胖子像是一团水汽在梅子的生命里蒸发了，梅子怎么也找不到了。

　　梅子就挺着日渐隆起的肚子，去找赵胖子的老婆。梅子在赵胖子家又哭又闹，赵胖子老婆说：“臭婊子，老娘还要找你算账呢，你却送上门来了。”赵胖子老婆就和梅子厮打起来了。赵胖子老婆几个回合就把梅子掀了出去，梅子就像一只麻袋被扔了出去，顺着楼梯滚了下去。

　　梅子醒来的时候，下身流了许多血。梅子知道，赵胖子的孩子还没来得及孳出，就已化作了一摊血水。

　　梅子就想死。不过梅子还是想，要死也死在这城里吧。就当娘没生过梅子，就当梅家洼从来就没有梅子这个人吧。

　　梅子支撑着虚弱的身体往这个城市中心最高的广告牌上爬时，看见下面站满了人。看见那些警察往地上放充气垫子的时候，梅子苦笑一声坐在了广告牌的横梁上。梅子笑了，笑得凄惨而又美丽，就像那个雨夜，赵胖子搂着她的时候说：“宝贝，你跟了我，要啥我赵胖子就能给你啥。”

　　梅子就想着城里人真的没意思，一个个冷得像梅家洼河里的石头，却连死都不让人死。

　　梅子就被城里的警察送回了乡里。乡里要通知接人时被梅子挡住了，梅子就背着包，一步一步走了回去。

看见梅子进屋的时候,石头一下子怔住了。石头说:"梅子,回来了?"

梅子的眼泪就唰地流了下来。她哭着跪在娘的床前,喊了一声:"娘。"

梅子娘俩眼直直地望着屋顶的苇子顶棚,没有应声。

梅子就跪在地上,往前移了两步,再喊:"娘!"

梅子娘转过头来,口眼歪斜地看着梅子,吃力地说:"我没你这个妮子!"

梅子就哭出了声来。哭出了声的梅子就掏出了一把白色的药片往嘴里送,梅子娘说:"你死吧,死了娘也好清静清静,你这个没良心的东西!"梅子娘的泪水就顺着脸颊滚了下来。

石头却哇的一声哭了,扑过来一把抢过了梅子手里的白药片,扔到了窗外。石头说:"娘,别怪梅子,梅子回来了就好,一家人好好过日子。"

梅子娘就挣扎着搂住了石头和梅子,泪水湿透了石头的汗衫。

蒙眬的泪光中,石头拉过梅子的手,指向窗外的梅子树说:"你看,梅子树上又挂满了青青的梅子,还记得小时候咱俩上树摘梅子的事儿吗?"梅子不说话,把头埋在石头的胸前,只是哭。好半天,梅子才说:"石头哥,你真的不嫌我?"

石头说:"傻梅子,石头怎么会嫌你呢,整个世界的人都嫌你,石头也不会嫌你!"

说着,石头就笑了,黑黑的脸上却被泪水冲出了两条粗痕。

梅子却哭得更厉害了,梅子的泪水淌在石头的脸上,凉冰冰的。

美人蛊

宫内宫外的灯火齐刷刷亮起来的时候，我正靠在宝座上昏昏欲睡。攻下越国早已是意料之中的事了，看着脚下五花大绑的勾践，我却连一丝胜利者的快感都没有。

伯嚭只知道指挥后宫的女人们跳舞陪酒，偶尔掠夺几个越国女子来讨取本王欢心；伍子胥只知道讲他那些高谈阔论，喋喋不休地劝说本王赶快杀掉勾践以除后患。可是谁又知道我的心里究竟想要的是什么？

"临水浣纱兮/长袖随波流/壮士舞剑兮/逐云追月去/日日盼君兮/我心君未知……"

那一日，范蠡饮马川上，说是要带本王去欣赏田园风光。看他那鬼鬼祟祟的眼神，我一下就明白了，他大概又和伯嚭商量着给本王找什么乐事了吧。这个勾践昔日的谋士，自从投奔过来我就鄙夷这家伙的为人，他整天跟着伯嚭，处处商量着怎样讨本王的欢心。

伯嚭在左，范蠡在右，伍子胥紧随身后。沿溪而上，我就听到这美妙的歌声。转过一个山头，眼前豁然开阔，歌声也越来越清晰。顺着范蠡的指引，我看到了水边一个浣纱的女子，波光粼粼处，倒映着一张倾国倾城的脸庞，一双圆润如玉的胳膊轻轻舞动，连天上的流云也都凝然不动，停下来欣赏这美若天仙的女子。我的心仿佛一下子被人插进了一枚隐形的毒针，柔柔地疼了起来。

一路上,岸边的柳丝飞舞,田园里风景如画,我都视而不见,我的心里只烙上了那个女子如凌波仙子般美丽的影子。好在,范蠡告诉了我这个美丽无双的越国女子名叫西施,这个精于心计的范蠡看样子的确比伯嚭更懂本王的心意。

现在,拥着西施滑如凝脂的身体,闻着西施香如兰蕊的娇喘,我终于感觉到了前所未有的满足。本王坐拥吴越万顷土地,万众子民无人敢侧目睨视,虽有后宫三千佳丽争宠,可我并不快乐。从看见西施那一刻起,我就忽然明白了,自己不缺女人,但从未爱过女人,我缺的是一生刻骨铭心的爱情。这些,伍子胥知道吗?伯嚭知道吗?这两个蠢材,除了杀人和献媚,是不会懂得本王的心思的。

拥有了西施,我就拥有了全部的快乐。这个全天下最美丽的女子,对本王却是如此体贴。知道我懒得去杀掉勾践,就出谋献计让本王装病唤来勾践品尝粪便,试探其对我的忠心。看着勾践像一条狗一样痛快地品啖着本王的粪便,我的心里越发感觉不出一丝快意。自从有了西施,本王就对战争失去了兴趣。我的心里,现在装的不是万里疆土,而是一个女人,一个让冷酷、无情、残暴的夫差内心有了一丝柔软的疼痛的女人。不顾伍子胥的阻拦,我放掉了勾践。

如冰雪般聪慧的西施真是深谙本王的心思。自进宫以来,便将溪边浣纱的一幕排练成舞,舞到酣处,连宫内报信的鸽子也停下来,静静地落在宫檐上,欣赏着西施美若天仙的舞姿,还不时舞动着洁白的翅膀助兴。那一幕总能触动我内心深处最柔软的地方。

伍子胥真是越来越放肆了,竟在西施酣舞之际擅闯后宫,劝本王杀掉西施。这个老朽,难道就不知道,杀了西施就等于割了本王的心么？见我不听他无休无止的聒噪，他竟敢拔剑直指西施，害得本王只好安了个罪名，把他押进地牢。谁知这个伍子胥，在地牢里都不肯悔过，还口口声声骂我昏君，我只得忍痛杀了他。

三年，三年大旱，勾践从越国送来的稻种都颗粒无收。而我却感觉这三年给我三百年来换我都不愿，因为我拥有了天下最美的女人，拥有了内心最美妙的感觉，这就是爱情。越军闯进宫殿的时候，我正紧紧地搂着西施，我宁愿被乱刀砍死，也不愿我的西施离开我。我被越军捆绑起来了，眼睁睁地看着西施从我怀里挣脱，离我而去。我征战一生，被我宠幸过的女人无数，在最后一刻却失去了我唯一爱过的女人。

残阳如血，远处的山峦飘起淡淡的薄雾，一如我对这个世界的最后一丝眷恋。刑场上戒备森严，林立的士兵如密不透风的树林。勾践问我最后的愿望是什么，我对他说不要伤害西施，放她和范蠡走。我看见了勾践疑惑的眼神，他一定在奇怪我为什么落到这个地步还一点儿也不恨西施。其实这一切我都是明白的，勾践这个小人，他和范蠡合谋用西施来蛊惑我，他们买通伯嚭，借我之手除掉伍子胥，包括他舔着苦胆咬牙切齿地骂我，我都知道。我还知道杀掉我吞并吴国之后，他一定会找借口除掉西施和范蠡，这一切从我在溪边遇到西施的时候就已在意料之中了。

"临水浣纱兮／长袖随波流／壮士舞剑兮／逐云追月去……"熟悉的歌声传来，浩淼的太湖上一楫轻舟飘来。范蠡手指长天，西施端坐船头，如水的目光向我荡漾而来，我欣慰地笑了。我看见了西施的眼里闪过一丝愧疚，我的心情突然像长空的流云一般舒展开了，我知道虽然西施爱的是范蠡，但只要她对我有过哪怕是一丝眷恋，我也会幸福地死去。

目送载着西施和范蠡的小船在烟雾中远去，我回过头来痛快地对勾践说:"动手吧。"我看见了勾践疑惑的神情。这个愚蠢的家伙,他不明白爱情是一杯毒蛊,就在喝下的那一刻起,我就不想再与他争霸了,只要他愿意,全部的吴越江山我都会给他。我要的,只是一生刻骨铭心的爱情。只是勾践不懂,伍子胥不懂,伯嚭更不懂。

剑子手的刀扬起来了,咔嚓一声响过,我的头颅飞出身体,在空中画出了一道优美的弧线。我睁大了眼睛向西施离去的方向望去,只看到了夕阳在水面上涂满了血一样的颜色,这景色好美好美。

三月桃花寂寞红

满山遍野的桃花开放的时候,我一直在等一个人。我坐在林间的溪水边,对着淙淙流水轻轻梳理着我的长发,内心的往事像桃花一样烂漫。轻轻拉了拉脸上的纱巾,回头之际,我就听见了桃林外的喧闹之声。

不错,那来者不正是我要等的人吗?我看见了素衣纶巾神采飞扬的崔护,他正疾步向我走来。崔护匆匆走到我面前,轻轻一揖问道:"姑娘可知这桃林间小屋里的主人去向何处?"抬头,我就看见了那双炯炯有神的大眼睛。我的心里猛地一颤,似乎正有许多的细针刺进了内心。这是一双我日夜期待的眼睛,但此刻我连和他对视的勇气都没有了。我轻轻摇头,看见了崔护的眼中闪过的那一丝失望之情。

整整一个下午，我坐在桃花溪边，看着对面的家。爹去了城里，去卖他的胭脂水粉之类的百货去了，几日后才能回来。随着桃花开放的日子渐近，我的心里有一种渴望，但更多的是害怕。自从去年崔护路过桃林来讨水喝的那一刻起，我就明白了，他就是我日日夜夜在桃花树下等待的那个人。

现在，崔护就在我面前一遍一遍地徘徊着，我却不敢相认。微风吹过满山的桃花，一片片粉色的花瓣飘落，也牵出了我的回忆。耳边似乎又响起去年那一天崔护离开时的声音：明年桃花开的时候，再来看你。从此，我的心里就被植入了一颗思念的种子，日日夜夜思念的就是眼前这个人。可是，如今崔护就在咫尺之间，那犹疑焦急的神情差一点儿让我喊出崔护的名字，但是我却还是忍住了，我真的没有勇气揭掉脸上的面纱。

金色的阳光给桃花染上一层更加神秘的色彩时，我看见崔护终于停止了徘徊，轻轻打开一张绢帕，在上面写下了什么，然后向我走来。

崔郎——我差一点儿就喊出声来，可是，我还是把自己的声音压回了心底。

崔护走到我的面前，躬身一揖，问道："姑娘可知柴门内的佳人几时能回？"我摇头，听到了崔护的轻声叹息："姑娘原来是一哑女？"崔护沉吟片刻，便把题了诗的绢帕递给我，轻声对我说："姑娘，若是此处佳人回来，烦请将此物交给她。"我点头，崔护躬身致谢后便转身离去。忽然，走出几步的崔护又转过身来问道："姑娘为何不以真面目示人？"我惊恐地捂住了面纱，生怕崔护会伸手揭去它，尽管就算揭去面纱，崔护也一定不会认出我来，但我还是害怕那一瞬间的面对。崔护见我一副如临大敌的样子，摇摇头，只留下一声轻叹便依依不舍地离开了桃林。

打开绢帕,我看见了崔护那苍劲有力的字迹:"去年今日此门中,人面桃花相映红。人面不知何处去,桃花依旧笑春风。"

直到崔护的身影在桃林的尽头消失,我才对着潺潺的溪水哭了起来。我看见溪水映出了自己丑陋的脸。是的,自从去年桃花开过之后,我的脸上就开始长满了这深紫色的斑疤,我整日不敢出门,更不敢再见崔护,我甚至宁愿让他相信去年那枝桃花早已在风雨里凋落。

爹回来的时候给我带来了好消息,说是在京城打听到了治疗我脸上桃花癣的名医。只是爹说,这需要很多的银子。于是,我就在爹的安排下,嫁给了柳员外的傻儿子,条件是柳家出钱为我治病。终于,我脸上的紫斑消失了,柳家的傻公子高兴得整天呵呵地笑。只是,没有人知道我心里那一个灿烂如桃花般的梦想。在柳家后花园,我种下了大片的桃树。每当桃花盛开,我就会捡回一些花瓣,净手焚香,想起那一幕幕的往事,泪水潸然而下,吓得柳家的傻公子连忙问道:"你在干什么?"

我说:"我在祭奠爱情。"说得傻公子愣愣地看着满天飞舞的桃花纷纷飘落。后来,柳家在傻公子的手里家道日渐中落,就连我的那方绢帕也被傻公子偷偷拿去换了钱买米,那个桃林里的故事也从此流落民间。而此时我也老了,老得以为爱情只是一个似是而非的梦了,似乎一切从来就不存在,只由着人们去说吧。

拯 救

天突然放晴了，女人再次来到这个熟悉的广场。广场上的人很多，一连几天的阴雨后，人们像是挤在鱼缸的鱼儿，此时都挤在了这个不大的广场上，他们需要在这个傍晚的空闲时段里出来透透气。

夕阳给广场中心的雕塑涂上了一层金色的光晕，空气中飘浮的是这个夏天广玉兰的香味，但女人的心里，总有着一种刻骨的恨。想想当初，不知道自己为什么会看上那样一个男人，女人的心里有一种说不出的后悔。

一个人的时候，女人总会想起往事。那时候，他们像所有进城创业的夫妻一样，虽然一无所有但可以相扶相携。可是现在，虽然有了安逸的生活，但曾经的相濡以沫，又在什么地方被遗忘了呢？

女人恨男人是有充分的理由的。当初他们共同打拼，可是如今有了事业，男人就变得不安分起来。她掌握了他的一切证据，他在外面有女人，而她只是等着他最后摊牌。她无论如何都不甘心，他的事业、他的公司，一切都有她的一半。她要报复他。她把孩子送到了乡下的父母那里，用孩子的名义开设了账户，并把足够孩子上学的钱存进去了。之后她把存折和遗书放在了自己的口袋里，然后买回了足量的安眠药，放在了他最喜欢的红酒里。她已经做了最后的打算，挽回不了自己的婚姻，就和他同归于尽。

那是雨后的下午,她做好了饭菜,难得他会这么爽快地答应晚上准时回来陪她吃饭。她把两只洗得晶莹透亮的高脚杯倒上掺了安眠药的红酒,静静地坐在桌前等他。

男人准时回来了,这让她觉得有些突然。已经半年时间了,他第一次有耐心回来陪她吃饭,她的内心突然有了一丝温暖。男人端起杯子的时候,她突然挥手打掉了杯子,然后呜呜地哭出声来。她看到男人正不解地望着她,她恨自己为什么到了这一刻还下不了决心。

她飞快地抓起桌上的酒瓶冲到了楼下。楼下的广场上坐满了乘凉的人,她看到了两个熟悉的身影,那是二楼的一对夫妻,他们又在广场上散步了。每个黄昏,广场上都有他们的身影。男的总会带着他的妻子,一个患着精神病的女人,出来散步。她看着那对中年夫妻,都是五十多岁的样子,女的迈着几乎站不稳的步子,男的一步不离地搀扶着她。她看着那个男人过早发白的两鬓,内心的恨意又一次升了上来。

她默默地看着,内心刚刚在餐桌上升起的一丝感动渐渐消失,她又一次抱怨自己为什么总是在最后的时刻下不了决心。

突然传来一阵惊叫,她忙看过去,原来是一辆失控的轿车正冲向穿过斑马线回家的那对夫妻。她看到那个精神病女人一把推开了自己的丈夫,自己却倒在了车前。好在只是虚惊一场,那辆车及时地停在了离女人十几厘米的地方。街上的人飞快地涌了上去,有人扶起了女人,女人却推开了他,扑向还没来得及爬起来的男人。女人搂着坐在地上的男人,呜呜地哭起来;看到男人完好无损,又嘿嘿地咧开嘴笑了起来。

她被这一幕惊呆了。回头的时候,她看到他已经站在了她身后。而他,显然也被这一幕感动了,眼里竟然蓄满了泪水。

回家的时候,他竟然紧紧地抓住了她的手。

再次回到桌前,他从她手里一把夺过那瓶红酒,走进卫生间哗哗地倒掉,然后回到她身边,一手拥着她,一手掏出口袋里的一张纸。她知道,那是他筹划了半年的离婚协议书。她木然地坐着,既然他已经知道她的目的,就随便他处置吧。

她看着他从口袋里拿出那只装安眠药的小瓶子,轻轻地放在她面前,然后掏出打火机点燃了手中的离婚协议书。看着一朵一朵的灰烬飘在空中,他轻轻地说,我们都应该谢谢那个疯女人,是她拯救了我们。

她的泪水一下子流了下来。她并不知道的是,她冲出门外的时候,他捡到从她身上掉下来的药瓶时是多么愤怒。他怒不可遏咬牙切齿地抓起桌上的水果刀追到她身边的时候,看到的正是那个疯女人舍命推开自己丈夫的一幕。

那个疯女人,拯救的不仅是他们的婚姻,还有两个年轻的生命。

铁婚年

坐在灯光暖昧的房间里,头顶上的灯光像一股暖融融的水流一样,抚摸在她的身上,而她的心里却有一丝淡淡的冰凉,总有一种说不清的凄然。

早上离家的时候,女人特意告诉男人,今天到 A 城出差,然而男人仍是头也不抬地埋在电脑前,回答她的还是那一句漫不经心的话,哦,知道了。甚至连和谁去、什么时候回来都没问,就像她是一张可有可无的废纸,回不回来都无关紧要似的。

走出门的时候,女人甚至在为自己的决定感到一丝欣慰:既然婚姻早已淡如一杯冲泡了无数遍的旧茶,不如早点儿了断的好。这样想着的时候,女人又想起了阿林的约定,多年不见,阿林还会像当年一样对她念念不忘吗?

女人说不清男人到底哪儿不好,只是渐趋渐淡的婚姻让她隐隐有一种说不出来的不安。每天总是女人做好了早餐,俩人一声不响地吃完饭后,各上各的班;晚上回来后,依旧是男人一头钻进书房,她则寂寞地坐在客厅里,对着电视里浪漫得让人羡慕的爱情独自欢笑独自流泪。他和她之间,一天几乎连十句话都不会超过。结婚六年了,六年的日子似乎是同一天的翻版,淡得如同被煮过千遍的白开水,连一丝味道都尝不出来了。

她也偷偷查过他的聊天记录,虽然暂时没有出轨的迹象,但他在网上和那些陌生网友之间远比现实中幽默风趣,曾经才华横溢、激情四射的他仿佛是一支鲜艳的花朵,在婚姻的白开水中,泡成了昨日的一片枯叶。

女人很伤心。今天是他们的结婚纪念日,也是她的生日,可是他依旧面无表情,从他紧绷的脸上看,他似乎对这些根本就没有一丝印象。女人向男人说完出差的事后,就狠狠地关掉了手机,其实女人的工作决定了女人根本不需要出差,女人是要去赴一个多年以前暗恋过自己的老同学的约会,可是男人依旧连一点儿反应都没有。

女人和老同学阿林坐在灯光迷离的酒吧里的时候,阿林幽默风趣的谈吐,让女人想起了许多年以前。更重要的是阿林对她说的第一句话就是,可爱的小朵儿,祝你生日快乐!

女人的泪水突然滑落下来，连阿林伸过来的手也没有拒绝。阿林擦掉了女人腮边的泪水，也擦掉了她对男人最后一丝愧疚。结婚六年的男人都记不住自己的生日，而阿林，一个记忆中早已模糊的小男生，至今没有忘记她的生日。女人更伤心了，她要狠狠地报复一下男人的冷漠。

被红酒点燃了激情的女人就这样和阿林走进了这家宾馆，走进了这间灯光暧昧的房间。

想起男人，想必早已睡觉了吧。随手打开电视，电视里的《午夜播报》正在报道的是刚刚发生的一起交通事故：今天由 A 城发往本市的最后一趟班车发生特大交通事故，伤亡惨重，原因正在调查，警方已对现场进行了封锁……画面上，警察正在拉起警戒线，一个男人正不顾一切地要冲过警戒线，扑向已经面目全非的大客车。她呆住了，不用细看，她就知道那是他的身影。

女人连忙打开手机，一连串的来电提醒都是男人的电话。阿林炽热的眼神像火一样恨不得把她俊美的脸点燃的时候，女人用力地挣脱了阿林的拥抱，在阿林不解的目光里冲到了街上。急忙打电话过去的时候，他气喘吁吁的声音马上传了过来："你……没事吧，打你电话打不通，我害怕你急着晚上赶回来，只好赶来车祸现场看了，没事就好……"

她突然惊呆了，原来他还是牵挂着她的！

急忙赶回家的时候，他也赶回家了，电脑上有关车祸的新闻还没来得及关掉，烟灰缸里躺着满满的烟头。他正笑吟吟地站在她的面前，仿佛找到了一件丢失的贵重的宝贝一样兴高采烈。她依然能够想象得到，男人在车祸现场拼命地寻找她时的急切的表情。

男人的手臂轻轻环绕着女人的腰时，女人看着窗外昏昏欲睡的灯火,泪水轻轻地落在男人的脸上。女人想起,书上说过六年的婚姻被称作"铁婚",就像一块放置在空气里的铁,不去精心擦洗,就会生出斑斑锈迹,好在他们有惊无险地走过来了。

你到底有没有情人

"你到底有没有在外面拈花惹草?你给我老实交代!"叶一凡再一次对着垂着头只顾抽着闷烟的张新建喊道。

"有啊,我有一百个一千个一万个情人,行了吧?"张新建头也不抬地喷出一口烟雾答道。

叶一凡哭着进了房间,砰的一声关上了房门。张新建则继续留在客厅里,打开笔记本电脑,开始了他第二天的工作计划。

有关张新建的绯闻,叶一凡已经听说很久了。那一段时间,张新建每天下班总是回来很晚,而且总是一个人关在屋子里,对着电脑发呆,一副魂不守舍的样子。叶一凡于是在一天下班时悄悄跟踪,终于发现张新建一个人坐上了一辆出租车向着离家相反的方向驶去。经过反复侦查,叶一凡确定张新建去的地方是郊区的别墅区,那是这座城市最有名的富人区。

他到底在外面干了些什么?有没有背着我干一些对不起我的事?这个问题已经折磨叶一凡很长时间了,每次逮住机会问张新建,他又总是低着头抽烟,一言不发,一副视死如归的样子。叶一凡急了,动用了一切力量,终于弄清楚了,张新建每天所谓的加班,其实是去别墅区找一位女子,有人亲眼看见她送他出门。

叶一凡懊恼不已，就想找个人倾诉内心的烦恼。叶一凡便找到了大学同学阿林。阿林曾经追求了她四年，但大学毕业后，虽然在同一座城市工作，他们也没有再联系过。听说阿林短短几年就已经成了一个成功的商人，就住在郊区的别墅区里。叶一凡甚至有些后悔自己当年的选择。

和阿林见面，是在星巴克里。那一天她兴致勃勃地赶过去，在灯光暧昧的酒吧里，和他聊起了过去，聊得满天的星星都醉了。在回去的路上，她跟着他去了宾馆，那一晚她没有回去。

回到家的时候，天边才刚刚晨曦微露，街上有晨起的小贩的喧闹声响，她掏出钥匙开门。张新建靠在沙发上睡着了，腿上的笔记本还端端正正地开着，她看到他写在电脑上的日记：第一个五年，结束租房生涯。下面是他这段时间赚到的每一笔钱的数目。

叶一凡突然有些感动了。她想叫醒张新建，可是电脑里的秘密吸引了她。她轻轻拿过电脑，打开张新建的文档，一份合同引起了她的注意，那是一份游戏软件开发合同，落款却是阿林的公司。原来，他每天躲在房间里，其实是在为阿林的公司做兼职，是在研究这个软件。他的目的显而易见，就是为了早日实现他们的"第一个五年计划"！叶一凡一下子蒙了。

合上电脑时，阿林的短信来了：谢谢你，让我找回当年的感觉。叶一凡像被电击了一样，手一哆嗦，却碰醒了张新建。张新建睁开蒙眬的眼睛，疑惑地看着他。叶一凡冲动地扑进张新建的怀里，张了张嘴，却不知道说什么好。

"老婆，怎么了？"张新建问。叶一凡转过身偷偷地删掉了阿林的短信。

"你都看到了？你问我有没有情人，嘿嘿，我的情人就是这台电脑。"张新建说，"你知道我学的是软件开发，如今干着与专业无关的工作，不如揽点儿活干，发挥一下专长好早日赚到我们梦想的房子呢。"张新建说着，做了一个鬼脸。他想逗叶一凡开心。

没想到叶一凡看着他，低下了头，哇的一声哭了，而且越哭越伤心。

报　答

"说，你剥削的劳动人民的血汗钱都藏哪儿去了?"陈文革一边问道，一边挥着手里的撬板狠狠地抽在德仁老汉的脸上。

血涌出来了，德仁老汉用手抹了一把脸，挺直了被背上装满了苞米棒的背篓压得像虾米一样弯曲的腰，平静地看了陈文革一眼。

陈文革越发恼怒了，手里的撬板再次扬起来，德仁老汉扬起脸等着他的撬板落下。谁知，这时陈文革的胳膊被人拽住了，回头一看是奶奶。陈文革说："奶奶，你护着他? 他是地主恶霸呢!"奶奶说："你个兔崽子，敢再打他，俺就不是你奶奶了!"

陈文革傻愣愣地站着，看看四周，却见别人都把愤恨的目光射向他，仿佛地主恶霸不是德仁而是他陈文革，就把目光投向戏台上的刘干事。刘干事说，今天就到这儿吧，明天再审。

众人就七手八脚地把德仁老汉从长板凳上扶了下来，解绳子的解绳子，擦脸的擦脸，甚至连革命口号都没人喊。刘干事摇摇头,对几个干部说:"算了吧,明天咱回公社汇报一下,这人顶多是个富农,没什么大问题。"

德仁老汉是我的祖爷爷,陈文革恨我祖爷爷是有原因的。六十年前的笊篱沟,祖爷爷和陈文革的爷爷都是大户,两人仗着自己开的皮纸厂,家里都有几十亩旱地和几十个长工。那一年祖爷爷的皮纸厂出了事,晒干打捆待售的皮纸着了火,一年的生意一夜之间全部化为灰烬。正好一队溃败的国民党军队经过,抓了祖爷爷,把他绑在村中间的老槐树上,要强征军粮。茂源老汉念着祖爷爷刚遭了火灾,就用五十石粮食从大胡子团长手里赎回了祖爷爷。从此,祖爷爷和茂源老汉就由生意上的对手变成了好兄弟。

那一年,祖爷爷翻秦岭到关中卖皮纸,看见到处红旗飘扬,目睹了地主恶霸、反革命分子被枪毙的场面,就明白外面的天变了。连忙赶回笊篱沟,祖爷爷就劝茂源老汉快跑。祖爷爷说:"用五十石粮食支持国民党军队打革命军队,那可是死罪呀。"可无论怎么说,茂源老汉就是不相信。祖爷爷就和茂源老汉赌骰子,赌了几天几夜,赢光了茂源老汉的家产。茂源老汉变成了穷光蛋,就扔下一家老小,一个人离开了笊篱沟。从此,祖爷爷就和陈文革家结下了仇。

果然,不到一年,整个世界天翻地覆,祖爷爷成了地主恶霸,所有家产一律没收;陈文革家自然也就成了贫农。陈文革也上了高中,成了斗争祖爷爷的主力干将。

祖爷爷白天在生产队干活,晚上在大队部接受批斗,直到公社解散。在无休无止的斗争中祖爷爷一天天衰老,但依然精神十足。

许多年后,茂源老汉回来了。阶级斗争已经过去,茂源老汉是从台湾回来投资的。那一年,茂源老汉带着祖爷爷给他的银圆跑到省城,才知道祖爷爷说的是真的。茂源老汉对着巍巍秦岭磕了几个响头,就加入了大胡子团长的军队,跑到了台湾。再回来时,茂源老汉成了县里引进的台商。在乡中学教书的陈文革也因海外关系,调到了统战部门工作,后来当了县政协副主席。

茂源老汉回到笊篱沟的时候,第一件事就是去看祖爷爷。祖爷爷拄着拐杖迎出来,把茂源老汉让进屋里,吩咐我爷爷奶奶备酒。两人喝着酒,祖爷爷就让人把堂屋一角蒙着厚厚一层灰尘的给自己准备了多年的棺材揭开,打开竟然还有夹层,一张写着字的老皮纸出现在眼前。祖爷爷拿起来说:"你家的地契银票都在这里,五十年了,现在虽然用不上了,还是要还给你。"说完,郑重地放在茂源老汉的手里,又端起一杯酒,一饮而尽,然后轻松地笑了笑,仰面倒地,任人连喊带掐,却早已气息全无。

茂源老汉抱住祖爷爷大哭,边哭边说:"我用五十石粮食换回了你一条命,你却用五十年的日子换了我陈家的今天啊!你不能死,你死了我咋报答你啊!"

哭着哭着,茂源老汉把那些发黄的地契银票之类放在陈文革手里,然后头一低倒在了祖爷爷身上,无论怎么喊也没有醒过来。一屋子的人忙乱起来,只剩下陈文革呆呆地站着,那些地契银票慢慢地飘落在地上。

过了好半天,陈文革才跪下来,扑到跟前喊道:"爷爷,德仁爷爷!"可是没有人回答,两个老人紧紧地搂在一起,脸上露出安详的微笑,好长时间都没人能把他们分开。

打　架

　　我打小就害怕和别人打架。确切地说，不是怕打不过别人吃亏，而是怕回家被我爹往死里揍。我爹虽是俺们学校的校长，算是文化人，可是打起自己的儿子来才不管自己有没有风度。只要我跟人打架，晚上回家肯定是削光了的竹板、蘸了水的藤条，都会一股脑儿飞向我的屁股，打得我哭爹喊娘。

　　尽管这样，在村里我还是个"小刺儿头"，整天猴子一样上蹿下跳，除了我爹谁也奈何不了我。那一天在放学的路上我遇见了二愣子。二愣子是傻子，我最喜欢拿他当日本鬼子，带着一帮小子狠劲地揍他。

　　看见二愣子，我和大毛、三小他们迎上去。三小拿出一个橘子，递给二愣子。二愣子疑惑地眨着粘着两粒金黄眼屎的小眼睛，却不知道怎么吃。大毛指了指橘子，再指着二愣子的嘴巴。二愣子明白了，张开大嘴就咬，谁知被橘子的汁液蜇了眼睛，捂着眼睛叫喊起来。我把书包套在二愣子头上，然后学着电影里八路军首长的样子喊，打！我们手里的土坷垃就像雨点一样飞向二愣子。二愣子抱着脑袋哇哇地喊，像极了进了八路军埋伏圈的鬼子。

　　突然，我屁股上重重地挨了一脚，接着被人抓住衣领掼在地上。回头，我爹正瞪着我。我只好蔫头耷脑地跟在我爹身后，无精打采地回去。我知道，晚上又要挨揍了。

回到家,吃完饭我就乖乖地写作业,一边等着我爹用竹板打我屁股。谁知,作业写完了,我爹还在埋头写着什么,看也不看我一眼。我瞪着圆溜溜的眼睛瞅着我爹,直到我娘一遍又一遍地催我睡觉,才装作咳嗽一声,准备去睡。我爹这才抬起头,说了一声,站住!

我爹站起来,指着我的鼻子说:"长本事了是吧?敢欺负二愣子,咋就不敢打大柱子呢?"我想我爹肯定是吃错药了,平时在学校把大柱子当成小祖宗似的,给我买的好吃的大半都给了大柱子,好像大柱子才是他的亲儿子。

我当然不敢打大柱子。大柱子他爹是村主任,是我们笊篱沟村说一不二的人,这连二愣子都知道。因此,大柱子才是我们学校最厉害的角色,谁都不敢动大柱子一个指头。我爹又是怎么了呢?

我们笊篱沟小学有三间教室。我爹是校长兼三、五年级班主任。几十年的老教室经常漏雨,我爹不停地给村上、乡上打报告,每次都是老村主任带人来修修补补将就用着。自从大柱子他爹当了村主任,就没人管了。我爹想着法子讨好大柱子和他爹,可还是没有结果。有一次我爹把我娘养的一只羊给大柱子他爹送了过去,可大柱子他爹只腆着肚子剔着牙转了一圈就走了。我想,我爹大概是让这事儿给气糊涂了,不然咋敢怂恿我去打大柱子呢?

第二天,下起了连阴雨。害怕出事,我爹索性住在学校守着几间破教室。正上课时,小芳老师惊慌失措地跑进来,上气不接下气地说,二、四年级教室的房梁快断了。我爹大喊一声:"撤!"然后把学生都集中到了院子里,搬出桌凳,头顶塑料布上课。我爹把我们留在操场上,自己去查看快要断裂的房梁,最后悄悄对我说:"我让你揍大柱子一顿,今天放学就揍!"我高兴极了,平时最恨大柱子了,今天一定要出口气。我悄悄地和大毛、三小商量一番,当然不敢说这是我爹的主意。

好不容易挨到放学,大柱子举着花伞过来了,全校只有大柱子有伞,我们顶的都是化肥袋子里的塑料布。我一把夺过伞折成两截,然后和大毛、三小他们把大柱子按在泥坑里揍。大柱子第一次在学校挨了打,拾起断伞,回家找他爹去了。

大柱子他爹黑着脸来学校的时候,我爹已经备好酒菜,一脸谦恭地说给主任赔罪,大柱子他爹就一屁股坐下来。喝着酒,我爹把我叫到跟前,一边训斥着,一边继续劝大柱子他爹喝酒。

突然,轰的一声,旁边的教室塌了。第二天,乡政府、教育局来人了,县委书记、县长都来了。我爹因为在防汛值班时喝酒失去了民办教师转正的机会,大柱子他爹也被免职了。

新学校很快建起来了,三层的教学楼,屋顶上飘着红彤彤的国旗。我爹给了大柱子五十块钱,说是替我赔他的伞。我爹每月才二十八块钱工资,可他一点儿也不觉得怨,还对我说:"二伢子这一架打得值呀!"

我望着我爹的嘴,不知道咋回答。以前不管我跟人打架还是被别人打了,我爹都会把我的屁股抽得跟葫芦瓢似的,这次害得他转不了正还赔了钱,咋夸奖我呢? 从此,我再没跟人打过架。

电话风波

在单位,我从来就是一个不被领导看好的家伙。除了偶尔在报纸上发表几篇小文章,似乎什么都不会。这不,那次市局领导来视察工作,饭局结束后自然是陪领导打牌,这是我们这里的惯例。可是当时人手不够,领导只好让我上阵了。不知是喝多了还是别的原因,反正大家手气都很臭,几圈下来,大家手里的钞票全让我赢进了自己的口袋。这下可好,第二天,我就看见局长见我总是黑着一副老脸。后来我才知道,原来那晚谁也没有喝多,而是故意要输给市局领导的,因为领导掌握着我们单位的项目资金,结果让我给搅了。唉,瞧我这榆木脑袋。

谁也没有想到,一个电话也会给我带来好运。那天一上班,我就听到局长叫我:"小高,来我办公室。"我战战兢兢地走进局长办公室,才知道原来是省厅长打来电话,说是领导点名找我。第一次和这么大的领导通电话,我兴奋得连领导说了什么都没听清楚,只是一个劲儿地点头。放下电话,我发现局长看我的眼神都变了,一个劲儿直拍我的肩膀说:"小高啊小高,不错,有前途。"

这话不知道是谁传出去的,反正我一下子成了局里的红人。那天我就亲耳听见办公室主任老吴在跟几个同事嘀咕:"别看小高那小子呆头呆脑的,水深着呢,跟厅长都是亲戚啊。"

我跟老吴说我真的不认识厅长,可不但没人相信,大家还说我不够意思，是害怕有事儿找我帮忙呢，没办法，我就这样稀里糊涂地成了厅长的亲戚。

那天厅长真的就来了。厅长检查完工作，我稀里糊涂地被局长拉进了厅长下榻的房间。我听见局长说："厅长，这是小高。您看我们局里申报项目的事……"

"小高？哪个小高？"厅长一脸迷惑地问，显然，厅长的印象里从来就没有"小高"这个人。厅长回过头来迷惑地望着局长，我看见局长的脸色一下子由白转红，又由红转黑，然后就黑着脸看着我。

几天以后，我偶然接到朋友小林的电话，才知道所谓厅长打来的电话原来是他打的，本来是想开我一个玩笑，结果被我们局长当成真的了。

这下我开窍了，我知道我的麻烦来了。这不，一个月后的竞聘上岗，我被光荣地聘到了门卫室，替代了临时工老刘。

寻找夏小艾

王文生站在高高的脚手架上，望着地上如同蚂蚁爬行般的人们，禁不住眼前一阵发黑，险些从二十二楼高的架子上栽了下去。头顶上亮晃晃的太阳正耀得眼睛生疼，脚下四川工头的呵斥声让王文生一下子来了精神。王文生直了直腰，扭着屁股开始挥舞着手里的瓦刀，一下一下认真地忙活了起来。

城里人真是胆大啊，住这么高的楼，不怕掉下去么？王文生嘴里嘀咕着,手上却忙个不停。一块块砖,一铲铲水泥,在王文生手里正在变成城里人的房子。王文生得意地笑了起来,笑着笑着,又忧愁起来。王文生想起了夏小艾,这个答应他等他把夏村的老屋变成像城里一样的楼房时才和他结婚的女人,现在在哪儿呢?城里这么大,什么时候才能找到夏小艾呢?王文生的目的很简单,就是一边在工地上挣钱回去盖房子,一边找夏小艾,等着她和他回去结婚。

工地对面是"小小洗头城"。每天晚上收工的时候,王文生会和工友们坐在街边的道沿上,瞅着那里面进进出出打扮妖艳的女人,工友们把这叫"给眼睛过生日",那些隔着半掩的玻璃门对着街道露着大半个奶子的女人让工友们兴奋不已。但王文生不,他想的是家里一个人守着庄稼地的娘和说好了等他盖了楼房就回去和他结婚的夏小艾。

娘大概是听到了村里人的风言风语后,才让王文生到城里去找夏小艾的,而王文生却不信这些,他不相信夏小艾会是那样的人。他来城里的目的就是找到夏小艾,挣了钱然后回家和城里人一样风风光光地结婚。

王文生的夜晚是单调而平静的,不和工友们去看黄色录像,不和工友们窝在被子里谈城里的女人,直到那一天突然看到夏小艾从"小小洗头城"里面出来。

那个夜晚的路灯似睡非睡地醒着,王文生百无聊赖地瞅着对面的洗头城,突然眼睛就亮了起来。他看到街对面走出来的女人分明就是夏小艾,而搂着夏小艾的是一个大腹便便的男人。

小艾!王文生猛地蹿了出来。王文生没想到的是夏小艾竟然像不认识他似的,只是瞟了他一眼,就搂着那个男人走了。王文生坐在街边抽完了一支烟,抽着抽着就抽抽搭搭地哭了起来。

王文生决定就守在这里,等着夏小艾出来,然后劝她跟自己回家,然后一起盖房子,盖起一座像城里人那样的楼房,然后和他结婚。然而等了几天,再也不见夏小艾从"小小洗头城"里面出来。王文生就向门口那些妖艳的女人打听,才知道夏小艾早就不在这里了,据说是跟着城里的王胖子享福去了。

王文生咬着牙,心里却一阵阵地痛,像刀子在一下一下地戳着一样。王文生抽完了最后一支烟,决定不再找夏小艾了,她爱咋咋的,爱跟城里人享福就让她去吧。

冬天说来就来了,王文生跟着那一群工友又到了另一个小区。没想到在这里遇到了夏小艾,而且还是夏小艾来找他的。

夏小艾挺着大肚子来到王文生的工棚,蹭着王文生的肩膀说:"文生哥,你还恨我吗?"

王文生瞪大眼睛看着夏小艾,又瞪着大眼睛看着夏小艾的肚子,狠狠地掐了一把自己的大腿,才知道自己不是在做梦,就张开嘴巴嘿嘿地笑了,又咧开嘴巴哭了,然后说:"哪能呢? 小艾,跟我回去结婚吧。"

夏小艾说:"你不怪我?"

王文生点了点头。夏小艾这才哇的一声搂着王文生的肩膀哭了起来。

王文生从夏小艾断断续续的哭声中知道原来王胖子的一处别墅就在这个小区里,这是王胖子专门用来安顿夏小艾这样的女人的地方。就在王文生他们搬到这个小区继续干他们的装修活儿时,王胖子的老婆也找到了这里。厮打、谩骂,之后王胖子扔给了夏小艾两千块钱就拽着老婆走了,从此就再也不来了。倒是王胖子老婆来了几次赶夏小艾走。

王文生拍着夏小艾的肚子说:"小艾,不找王胖子了吧,跟我回去,我们结婚。"

工棚里昏暗的灯光照着夏小艾的脸,夏小艾的眼睛里透出冷冷的光。"不,不能便宜了王胖子。"夏小艾一字一顿地说,然后冲了出去。

王文生又开始了对夏小艾的寻找。王文生找遍了小区的每一个角落和附近的洗头城,遇见每一个人都会问,你看见夏小艾了吗,我要带她回去结婚。可是没有人理他,城里的每一个人似乎都很忙,没有人会去管他和谁结婚。

那一天王文生正爬上窗台准备开始干活儿,突然就透过窗户看见了夏小艾。夏小艾拉着准备上车的王胖子,而王胖子回过头来一脚一脚地踢着夏小艾隆起的肚子。

王文生拎着瓦刀冲过去的时候,夏小艾已经捂着肚子躺在了地上。看着鲜血瞬间就湿透了夏小艾的裤子,王文生噌的一下扑过来,手里的瓦刀就砍向了王胖子的胖脑袋。看着王胖子直挺挺地倒在地上,王文生飞快地背起夏小艾,踩着一地的惊叫声向医院跑去。

警察赶到的时候,王文生正拉着夏小艾的手说:"小艾,这回答应我,回去结婚吧?"

夏小艾使劲地点着头,苍白的脸上有两行清澈的泪水滑过。夏小艾说:"文生哥,我等你,一辈子都等着你。"

王文生咧着嘴巴笑了,然后又哭了。王文生站起身来,跟着警察走了出去,这回他真的信了,夏小艾是真的愿意回去和他结婚了,哪怕他一辈子也盖不起像城里人那样漂亮的房子。

打开窗，让风进来

推开窗户，他刚要爬上窗台闭上眼睛跳下去的时候，房门咯吱一响开了，她步态轻盈地飘了进来。

他连忙缩回手来，表情极不自然地说，这屋子太闷了，开窗透透气。她点点头，走过去把窗子关小了一些，然后对他说："在这里你得听我的，虽然咱们没有什么关系了，但你现在是我的病人。"

他无语。他知道，此刻说什么都是多余的，谁让自己当初那么绝情呢？她是他的前妻，当初和他一同努力经营着他们的小日子。因为不甘于贫穷的生活，于是下海经商，从一无所有到小城商界明星，他在完成财富积累的同时，也无限放纵了自己的欲望，终日在无数女人中周旋，最终还是被绊住了腿脚。他和小三一起向她施加压力，怕主动提出离婚她会分掉他的财产，谁知她却不哭不闹，平静地和他分了手，只带了女儿净身出户。一场逼宫戏连一丝波澜都没有就落下了帷幕。可如今，他破产了，一下子从山巅跌入谷底，他只能眼睁睁地等着她来报复他、羞辱他。

可是她没有，她只是走过去检查一遍窗户就走了。他呆呆地坐在床上，慢慢地梳理着自己的思绪。他记起来了，那天他的公司被查封，车子、房子都被银行收去偿还贷款了，他无处可去，就在酒吧里买醉。他想大醉一场就去自杀，爬上城市的高楼一跃而下，或是一头撞向路边疾驶的车子，一切的痛苦就此终结。那晚他一边喝酒一边一个一个拨打着自己认为关系很好的亲朋好友的电话,可没有人愿意听他诉说,甚至还有的人一听见他的声音就直接挂掉,包括那个曾经信誓旦旦说他离了婚就嫁给他的女人。他一边苦笑着摇头,一边大口地喝酒,直到最后失去了知觉。他不知道自己怎么就被送到了她所在的医院,反正醒来他就在病床上躺着,也不知道自己究竟昏睡了多长时间。一定是酒吧里的人见他醉死过去,慌忙中打了她的电话,是她把自己送进了医院。

他对她的愧疚一下子就强烈起来了,可是他又有什么办法呢,早知如此,何必当初。他现在唯一的念头就是离开这个世界,既然一切都没有了,还有什么贪恋的呢?

想着想着,他就睡了过去。醒来的时候,夜已深了,他发现这是一个了结自己的绝好时机。他鼓足勇气爬上窗台的时候才发现,无论他怎么推,窗户都只能推开一道缝隙,最多只能伸出他的胳膊,更别说整个身子。一定又是她,也许她早已发现了他的想法,所以就在他睡着的时候用铁丝捆住了窗户。他无法想象一向恐高的她,该壮着多大的胆子才能爬上这二十一楼的窗台,忍受着刮过脸颊的寒风才能完成啊。他突然强烈地眷恋起她来,还有跟她在一起的女儿。

第二天他就出院了,本来就只是酒精中毒,而且他也没有钱在医院住下去了。他又来到酒吧,把最后几十块钱全部用来买了酒,这次他要痛快地了结自己。他从口袋里掏出提前准备好的老鼠药,打开他却惊呆了,纸包里只有一张银行卡,还有一张匆匆写下的纸条:这是用我的工资攒下的积蓄,也许可以帮你渡过难关。我虽然恨你,但无论如何也不能眼看你做傻事。请不要让女儿成为没有父亲的孩子,好吗?

看着,他的泪水溢出了眼眶。他忽然就明白了,有些女人就像狂风,激情似火却可以让人感冒,甚至不治而亡;有些女人却是微风,看似平静如水,却可以温暖一生。而他,却在风中迷失了自己。

想着,他就起身走了出去。如果不是这张小纸条,他可能再也见不到女儿了。在生命的绝境中,他留恋的只是他的财产,唯独忘了她和女儿;可她却依然牵挂着他,就像他从未离开过她。

一出门,就看见了她和女儿,她们正在街边等他。女儿仰起小脸问:"爸爸你怎么哭了?"他抱起女儿,亲了亲女儿的小脸说:"爸爸没哭,是让风吹眯了眼。"

说着,他含着泪笑了,她也会心地笑了。

借你一缕温柔

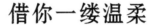

三十岁的男人,就像一只戴着笼嘴的羊,总是伸出贪吃的嘴巴想舔一口路边的花花草草,无奈身边的老婆总像笼嘴一样牢牢地拴着自己,这种滋味,何家凡算是受够了。

何家凡就是这样一个男人。他规规矩矩地上班,规规矩矩地回家,连偶尔接几个电话、接几条短信都要被老婆盘问半天,甚至连出差几天,回家老婆都要仔细检查,一副找不出丁点儿蛛丝马迹誓不罢休的气势。

何家凡越来越忍受不了这种庸俗与平淡的日子了。郁闷中的何家凡就想到了找个人倾诉,哪怕仅仅得到几句安慰也行。何家凡就想到了网络,目前自己唯一的隐私就是公司里的 MSN,这个号是他在上班时才登录的。

和一些陌生的或者熟悉的人闲扯，就渐渐成了何家凡的一大爱好。那一天他和她就在网络里不期而遇，她向他倾诉老公的呆板和自私，他向她说起老婆的专横与刁蛮，同病相怜的境遇让两个人竟然有了相见恨晚的感觉。日久生情，渐渐地，他们成了两个互不相识却又相互依恋的人。只是，他们都没有告诉对方自己真实的个人信息，茫茫网络里每个人都在潜意识下进行着自我防卫。

何家凡越来越沉迷于网络上的"艳遇"，以致不能自拔。每每有 MSN 消息弹出的声音，他就会扑向电脑，惹得格子间里的同事们常常用怪异的目光盯着他，何家凡全然顾不了这些。终于有一天，何家凡忍不住向她发出了见面的邀请。没想到她竟然欣然应允，他们相约在金海大酒店见面。

约定了见面的暗号，下班时何家凡却被一个无关紧要的会缠住，等急急忙忙打车赶到金海大酒店门口，何家凡怔住了。五颜六色的霓虹灯下，他看到了那个正靠在门前的廊柱上等他的她——竟然是他的妻子！连忙让司机掉头狂奔的何家凡越来越纳闷儿，原来把自己像犯人一样死死看着的老婆，竟然是这样一个背着自己寻找刺激的女人！

何家凡重新申请了一个 MSN，重新回到了以前规规矩矩的生活。他不再奢望一场艳遇，不但像一只戴着笼嘴的羊把偷吃的念头生生地压下去，而且还学会了像特务一样盘查老婆的行踪，就像以前老婆对自己一样。

只是有一天何家凡的老婆突然把 MSN 签名改成了"暂时借你一丝温柔，请你不要沉迷……"然后对在一旁嘻嘻哈哈的闺密说："你的主意不错啊，看样子是把这只羊牢牢套住了！"说着，就把何家凡的 MSN 号拉进黑名单，拉着闺密逛街去了。

剩女时代的爱情童话

　　爱情这个东西也许真的是一场游戏,没有经历过的人趋之若鹜,深陷其中的人却又总是找不到方向,是世界迷失了人们,还是人们迷失了自己?整整一个晚上,林馥娜都在瞪着一双美丽的大眼睛,看着杯子里的咖啡上漂浮的热气由浓变淡,心里一直在想着这个十分有哲理的问题。

　　美女林馥娜常常自嘲是这个剩女时代的爱情朝圣者,她说她要亲自验证一下这个世界是否还有真正的爱情。于是,林馥娜便开始了她漫长的爱情实验。

　　林馥娜第一场爱情实验的男主角是一位别人眼里的佼佼者:才三十出头就已经官居处级,前途一片光明。然而就是这样一位所谓的"社会精英",却在即将和林馥娜结婚前夕的一次夜间应酬中不但不替林馥娜抵挡自己的顶头上司一次次伸过来的"咸猪手",还屡屡设局把她往酒后乱性的上司跟前送,为的就是早日让自己的职务往上再升一个台阶。最后,终于忍无可忍的林馥娜一个巴掌扇得故事从此谢幕。第二个是林馥娜的一个客户,一个儒雅的中年商人。林馥娜一边半推半就地抵抗着他的追求,一边为他的气质所吸引,直到有一天他把厚厚的一沓钞票扔在她面前,要她搬进他新买的别墅,林馥娜才知道他原来并不像他所说的那样离异单身,而是拿她当作自己身边众多女人中的一个而已。

有了前两次的教训,林馥娜便学会了在确立关系之前变着法子来打探清楚一个人。后来,林馥娜在女友的介绍下,认识了一个诗人。林馥娜把自己装扮成一个有钱人,一下子把诗人吸引得诗情大发。诗人一边大声朗诵着写给她的情诗,一边兴奋得大口喝酒,直到后来醉得趴在桌子底下,抱着林馥娜的高跟鞋,喃喃自语:自己终于攀上了富婆有钱出诗集了。诗人的表现,让林馥娜又一次倒尽了胃口。

林馥娜最后认识的男人是小区的保安。那一晚,绝望透顶的林馥娜在酒吧里把自己灌成了一摊烂泥之后跌跌撞撞地走进小区的时候,一声尖利的刹车声把林馥娜吓得摔倒在地上,汽车扬长而去。迷迷糊糊中林馥娜感觉一双有力的大手扶起了自己,然后陪她走进电梯,最后把她送回了家里。醒来后的林馥娜看着眼前那张憨厚中透着稚气的脸,看着他因为照顾自己而满脸疲惫,内心突然掠过了一丝温暖。

看着看着,林馥娜就想,既然城里人的爱情都有种种不同的目的,功利得像是一场场交易,那么这个来自乡下一声声叫着自己姐姐的男孩,应该是单纯的吧?

一次偶然,爱上了就爱上了。林馥娜经过多次考验,发现他的确是她所认识的人里最值得托付终身的男人。淳朴、敦厚、善良,没有城里人的那种世俗,像极了一株长在乡间的白杨树,让林馥娜深深地陷入了爱恋之中。一切自然而然,直到那个早晨他的消失。

那时候她和他已经到了谈婚论嫁的阶段了。她取回五万元放在抽屉里,等着他回来一块儿去置办婚礼的所需。而他,却在那个晚上,趁她加班未归时消失了,一同消失的,当然还有抽屉里的那些钱。

再见到他时，是在接到派出所的电话要她过去做笔录的时候。原来，她只是众多受害者中的一个，看似憨厚的他，利用朴实的外表，专门骗取女人的钱财和感情。

一屋子等着做笔录的女人都在咬牙切齿地骂他，只有林馥娜不然。她只看了一眼戴着手铐坐在角落里瑟瑟发抖的他，就轻轻地摇头。一个年长的警察说："真不认识？说谎可是要负法律责任的哦！"

林馥娜使劲地点点头，然后踩着身后满是惊愕的目光走出了派出所。街道上到处涂满了白花花的阳光，晃得人眼睛生疼。

林馥娜一个人漫无目的地走着，眼里的泪水使视线一片模糊，似乎一下子让天空都失去了颜色，像极了那个一直萦绕在林馥娜心里的爱情童话。

我们离婚吧

此时，兰草正怔怔地看着窗外。窗外春色正浓，后山的坎棱上一株兰草花开得正香，引得几只蝴蝶绕来绕去地飞舞着，看得兰草的心里更加烦躁。

八年了，自从嫁给春生那一天起，兰草没有一天不想着要和春生离婚。当初，如果不是爹吼着骂着要她嫁给春生，兰草怎么也不会看上春生。在这之前，兰草是有心上人的，兰草的心上人是二牛。爹看上的是春生的实在，可是现在的社会，实在有什么用呢？想想就让人来气。一村的男人都出去赚钱去了，只有春生还在家里守着他的几亩庄稼,整天像根木头似的,实在让兰草觉得当初嫁给他真该悔断肠子。

兰草厌烦春生是有原因的。如今在兰家洼这个小村子里,再也找不出第二个像春生一样窝囊的男人了。比如说二牛,自从爹逼着她嫁给了春生,才几年工夫就去了山西,由一个挖煤的民工变成了承包煤窑的小老板,每年都会赚回几十万,现在成了村里最有钱的人了。这充分说明了当初自己的眼光没错,错的是爹的死脑筋。兰草常常想着想着就哭了起来。

其实,虽然嫁给了春生,但兰草和二牛仍是藕断丝连,当然,只是背着春生偷偷摸摸地好着而已。这几年随着离婚的想法越来越强烈,兰草甚至连春生都懒得回避了,故意在二牛回来时和二牛眉来眼去。可是春生这根木头,不知道是故意装作没看见,还是真没当一回儿事,连一点儿反应都没有。

坐在窗前,兰草再次拿出那张化验单,看着看着,泪水再一次流了下来。那一天卖了家里的樱桃,兰草就想起自己近一段时间总是感觉乳房胀痛,就红着脸到县医院做了检查。谁知,一下子就查出了乳腺癌,医生说做手术费要十几万呢,就凭春生,哪来这么多钱呢?那张化验单在枕头下已经压了好几天了,春生竟然都不知道自己得了啥病。这样的日子,就是死也没法儿过下去了,兰草心里想着。

晚上,春生回来了,依旧一副木头一样的木讷相,甚至,都没看到兰草满脸的泪痕。兰草扭着脸不看春生,过了半晌才铁了心对春生说:"这日子过不下去了,我们离婚吧。"

春生却一脸惊讶地望着兰草说:"你说啥话呢?二牛下午回来了,我去找了二牛,明天跟他去煤矿干活儿呢,家里没个女人咋行?"

兰草心里想,就你这个窝囊废,这会儿才想起要出去挣钱了?就是你春生死在了煤矿,我也不会盼你回来。

天没亮,春生就跟着二牛走了。兰草在心里骂着死春生臭春生,老娘都得了要死的病了你还不知道,等你烂心肝的回来,我就是死也要先和你离了婚再说。骂了一千遍一万遍兰草也不觉得解恨,索性不骂了,蒙着被子呜呜地哭了起来。

春生跟着二牛走了,兰草却总是想着二牛,想着自己的病。兰草想二牛了就给二牛打电话。虽然他们背着春生把恋爱时没来得及做的事情都做了,可是现在得了要命的病,兰草却更想二牛了。有一天兰草忍不住哭着把自己得病的事告诉了二牛,原以为二牛会安慰她几句,可是那边却没有了声音。后来再打二牛的电话,二牛却不接了。兰草伤心得要死,可也渐渐想通了,毕竟都是有家室的人了,哪个男人会不顾自己的家去管别的女人呢?

兰草没想到的是,过了不到一个月,二牛就回来看她了。二牛瞒着自己的老婆偷偷地带兰草去了省城的医院。手术很顺利,切除了一只乳房,因为是初期,癌细胞总算是清除了。兰草觉得幸福极了,心里想着,病好了就跟春生离婚,哪怕就是一辈子跟二牛这样不清不白,也不要再守着春生这个榆木疙瘩了。

出院的时候,二牛却只留给了兰草几万块钱就不见了。伤心极了的兰草就赶到了山西,找到了二牛的煤矿,见到的却是坐在轮椅上的春生,兰草一下子惊呆了。一打听,兰草才知道原来春生在这里干了不到一个月就因矿洞塌方被砸断了双腿,其实,春生早就知道兰草的病,跟着二牛出来,就是想挣钱给兰草看病,没想到却出事儿了。二牛是春生磕着头求着替他回去看她的,给兰草看病和留给兰草的钱,都是用春生的双腿换来的赔偿金。

春生看着兰草说:"草啊,我知道你嫌弃我,现在我答应你,咱们离婚吧,我不能拖累你一辈子。"

兰草却哭了,她哭着扑上去,抱着轮椅上的春生说:"不,我死也不跟你离婚!走,我接你回家,我要一辈子跟着你!"

薰衣草庄园之梦

午后的太阳像一个慵懒的流浪汉,迈着蹒跚的步子向西边的天空一点一点地斜了过去。李小冉坐在高高的吊塔顶上,冷冷地看着脚下的人群。人们都齐刷刷地仰着头,生怕错过了这个被夕阳的余晖涂了一身金黄色的男孩跳下吊塔的任何细节。

几个警察正指挥着人们把几张气垫一字摆开,安放在吊塔下面的空地上,然后回过头来驱赶着越过警戒线的人群。一个胖胖的警察高举着喊话器,极有耐心地劝说着坐在吊塔上的李小冉。

李小冉向外伸了伸发麻的右脚,人群中立即一阵骚动,人们飞快地向后退去,害怕突然跳下来的李小冉会砸中自己的身躯。李小冉的心里又发出了一阵冷笑。

突然,李小冉看到两个警察正带着余草草向着吊塔下面走来。李小冉的心里瞬间就升起了一丝温暖。余草草此刻就站在吊塔下面,伸长着脖子看着李小冉。"快下来吧,你女朋友来接你了。"胖警察再次扬起喊话器,朝李小冉喊道。

李小冉稍稍动了动脚,却又犹豫了。就这样下去,那被骗去的钱找谁要去呢?李小冉一边看着下面黑压压的人群,一边想着。要是余草草劝慰自己几句,并保证自己不离开他,或许李小冉会自觉地爬回地面,带着余草草回到家乡,哪怕是放弃所有的梦想,像父亲一样过一辈子以土地为生的日子,他也愿意。

李小冉看着余草草从胖警察手里接过喊话器,他的心一下子提到了嗓子眼儿上了。

"李小冉,你这个孬种,有种你就跳下来吧,跳呀,你这种男人,只配去死!"余草草的声音顺着风声灌进了李小冉的耳朵,不是李小冉想象的温柔,而是怒不可遏的嘶喊。李小冉的心像着了火一样燃烧了起来,他用一只手扶着吊塔站了起来,人群中又发出了一阵惊叫。

"跳吧,就当你娘没有生你这个儿子!"余草草再次对着李小冉喊道,然后把喊话器放回胖警察手中,不顾警察的阻拦,头也不回地挤出了人群,走了。

李小冉的眼泪不争气地流了下来。他把手握得骨头都咯咯作响,心里一下子恨透了余草草。李小冉在一瞬间也想通了:既然连你余草草都不管我的死活,那我就活给你们看看,一定要活出个人样儿来!想着,李小冉就不知不觉地向下爬。夏日的夕阳在李小冉的全身来回涂抹着,像火一样烤干了李小冉身体里的水分。刚一落地,李小冉就晕了过去。

醒来后的李小冉被警察拘留了十天。回到住处的时候,已经不见了余草草。除了那只装着薰衣草的铁盒子,屋子里再也找不出余草草的任何东西。五年的情分,到现在连一句再见也没留下,李小冉不由得叹了口气。李小冉把那只铁盒子装进随身携带的行李中,离开了这座让他伤心的城市。

李小冉带走的,还有对余草草刻骨的恨。想想当初,他们一起从家乡那个偏僻落后的小山村来到这座城市里寻找梦想的时候,他们只有十七岁。虽然不懂爱情,但在异乡的城市里,他们早已彼此都把对方当成了唯一的依靠。李小冉的梦想就是等打工攒够了资本，就开一家自己的小店，经营自己的事业。谁知，五年的血汗钱被人骗走，而自己深爱的余草草又偏偏在这个时候离开了自己。因此，李小冉就想出了攀上吊塔自杀的办法，想挽回自己的爱情。可是，无论如何也没想到，换来的竟是这样一个令人哭笑不得的结局。

在另一个城市，李小冉重新开始了他的生活。他从城市建筑工地的小工做起，换过无数种职业，终于又开始了他的梦想。那一天，他打开那个装着薰衣草的盒子，翻出那张被他压在盒子底部的已经被人骗空了的银行卡，试着查了一下，卡上竟然多出了二十万块钱。他查了一下存款日期，竟然是余草草离开他时存的。一定是余草草傍上大款了吧，也许是觉得有愧于他给他的补偿，他想。

他对薰衣草情有独钟。也许是受余草草的影响吧，当年余草草就特别喜欢这种散发着幽香的淡紫色花儿。用卡上的钱，他在郊区租了一小块土地种植薰衣草，取名为"薰衣草庄园"。

十年过去了，李小冉的薰衣草庄园已经成为了这座城市最具规模的园林公司了。李小冉也理所当然地成了本地有名的企业家。在城市里安了家，寡居多年的母亲也被他从北方乡下接到了这座城市。三世同堂，妻贤子孝，李小冉的生活早已是风生水起、一帆风顺了。若不是母亲偶然提起，也许他早就忘了余草草这个人了。

那一日，妻子带着儿子回娘家了，难得清闲的李小冉陪着母亲在客厅里说话。母亲说："还记得草儿吗，多好的姑娘呀，可惜死得太早了。"

什么？他猛地一颤，急忙追问母亲。母亲告诉他，十年前的夏天,余草草被查出患有白血病,最要命的是她自己打工攒下的二十万块钱也突然不知去向了,没有了钱治病,就只好回到了乡下,默默地去了另一个世界。

二十万? 李小冉急忙找出那个装着薰衣草的铁盒子,那张银行卡依旧安静地躺在十年前的薰衣草的香味里。李小冉一下子明白了,十年前的那个夏天她为什么那么坚决地离开了他,他的卡上为什么会凭空多出了二十万。原来是她,在生命的最后一刻,用决绝激发了他重新找回自己梦想的动力,用生命垫付了他成功的资本。

十年前淡紫色的薰衣草已经变黑了,但那淡淡的香味还在盒子里氤氲着,像极了那段刻骨铭心的时光。泪光中,李小冉似乎看到了余草草那婀娜的身影在薰衣草的香味里飘然而来,温暖地对着他笑着,然后缓缓地隐去,如仙女般美丽,美得他的心里像被一把剑刺穿了般疼痛。

爱情风铃

那一刻,她和他正坐在婚姻登记处的长椅上,没有争吵,没有打闹,她觉得他们应该平静地结束这段婚姻,而他却总是那一副磨磨蹭蹭的样子,似乎有些不舍,却又不知从何说起。那优柔寡断的小男人的怯懦更加坚定了她要走出这段婚姻的念头。

这一天这个平日并不怎么起眼的婚姻登记处人却突然多了起来,他们只好坐在那个外间的长条椅上等候着。望着一对对进进出出的男男女女有的一脸幸福,有的横眉立目,她知道,跨过这道门槛,有多少人在憧憬中走进爱情的城堡,又有多少人在相互抱怨中挣扎出婚姻的围城。她嘴角淡淡地向上弯起,内心却升起一丝淡淡的苦涩。

一阵地动山摇的感觉似乎从地底传来,她在一阵眩晕中听到了慌乱的脚步声和人们绝望的尖叫声。她把惊恐的目光投向一旁木然地坐着的他,他突然猛扑过来抱住她滚到了椅子底下,死死地扑到她的身上。

片刻的骚乱过去,他飞快地拉起她,随着人群撤离到那栋六层楼前的广场上,然后轻轻地拍着她的胸口,低声在她耳边安慰她别怕。她这才知道,原来是发生了地震。

穿过乱哄哄的街道,她被他使劲地拽着去了幼儿园,看着女儿安然无恙,她悬着的心才稍稍落地。想起刚刚还拿在手上的离婚协议书,此刻早不知丢到哪儿去了,她只好苦笑着牵着女儿跟他回家。

她也说不清自己是从什么时候开始对婚姻厌倦的,总之,和结婚前相比,眼前这个男人越来越让她觉得失望。十年了,身边和他相当条件的人,要么仕途顺利,要么腰缠万贯,似乎只有他,还是个小科员,和刚结婚时毫无两样。如果说守着窘迫拮据的家庭让她烦恼的话,那么他的木讷的性格简直让她难以忍受。她甚至希望他和她大吵一架,可是任凭她怎样宣泄,他总像一根不会说话的木头,埋着头做事,埋着头上班,她连痛快地发泄一下郁闷的机会都没有。

他对她的感受不闻不问,甚至连她有了情人都不知道。那一次单位派她和同事小林到外地出差,趁着空闲他们去了当地的一个久负盛名的旅游景点,在下山的途中她崴了脚,痛得直掉眼泪,是小林一路把她背进宾馆的，一个晚上，小林都在用红花油一遍一遍地给她揉着肿得发紫的脚。后来，就有了激情的一夜，也因此他们在那个陌生的地方多待了两天。回来，她故意说起了和小林的浪漫之旅，说起小林的温柔与体贴，他甚至都没有问在多出的两天里她和小林都做了些什么。他的木讷与迟钝让她的心冷却得像一块化不开的冰，也更坚定了她结束这段婚姻的决心。

半夜会有强余震的消息传来时，街上乱成了一团，人们纷纷开始搭建帐篷。他也准备了一个简易的帐篷。她住进帐篷时，远远地看见一个熟悉的身影，仔细看去，原来是小林。看着小林一家三口亲亲热热地挤进帐篷时，她怎么也睡不着，他却在忙着鼓捣一堆乱七八糟的东西。她终于忍不住，泪水流了出来。

广场上刚下过雨，夜晚的潮湿隔着褥子漫上来的时候，她的腿钻心地疼了起来，她知道自己的风湿病又犯了。她赌气地爬了起来，一瘸一拐地回家了。她甚至在想，与其和这样的男人过一生还不如死了好呢。

刚刚躺在床上，他就抱着一个玻璃瓶跟了进来。他把装了半瓶水的玻璃瓶放在床头柜上，然后给一只旧传呼机里的小电动机接上电池，把电源线固定在两块离得很近的木屑上，伸进瓶子，让它们浮在水面，然后用一根丝线，一端连在电动机转轴上，一端连在挂在床头上方的一串风铃上。

"你安心睡吧，孩子我托付给同事了，有了这个东西，地震来时我就会最先知道，足以护着你躲到床下。"他说着，给她做起了示范来。轻轻碰了一下床头柜，瓶子里的水稍微晃动，接通电源的电动机嗡的一下拉响了风铃。

她终于明白，原来他鼓捣半天就是为了给她做这样一只能让她安心睡觉的"地动仪"！

她看着他镇定的眼神,他示意她躺下,自己却坐在床边守着那只装水的瓶子。风铃还在清脆地响着,她想起那一刻在婚姻登记大厅,灾难来临时,那些相拥而来的男男女女在惊叫中逃散,只有他毫不犹豫地用身体护住她,而这一刻竟然发生在她要给他们的婚姻一个了断的时候。

她的泪水止不住地流了下来。她知道,那串此刻还在清脆地响着的风铃摇醒了她即将死去的爱情。

一个人的夜晚

一个人的夜晚总会生出许许多多的无聊。这样想着的时候,江非便随手打开了电脑,那个长发飘逸的 QQ 头像依然没有亮起,似乎已经是很长一段时间了。

以前的江非是一个乐观的男人。在单位忘我地工作,整天乐呵呵地笑,胸无城府的样子总让人想到春天午后的阳光,水一样纯净。

一切的变数似乎都在意料之外。半年的带资培训,单位几十号子人争来斗去的结果却是让机会落到江非这样一个与世无争的人头上。他安顿好妻子女儿,紧接着去报到,然后开始了和一群青春年少的学生们同在一座校园里的生活,仿佛又回到了少年时代的梦境里。每晚在电话里倾听着女儿和妻子的声音,江非感觉自己就是这个世界上最幸福的人了。

半年的日子不紧不慢地过去了。回家的时候,江非没有给妻子打电话,他想给妻子一个浪漫的惊喜。一开门,眼前的一幕却是那样突然。

妻子慌乱的眼神,一个陌生男人慌不择路地逃窜,江非感觉自己的心像是从火热的夏天跌入了冰天雪地的冬天,然后便是沉默,久久的沉默。

再后来就是离婚,带着女儿独自生活的江非开始迷上了网络。"丝丝花语",一个虚拟世界里的女人就这样闯入他的生活。一切都发生得那么平静,仿佛注定了要发生一样波澜不惊、顺理成章。

在 QQ 里彻夜缠绵,在手机短信里打情骂俏,在现实世界里约会,从冬天到夏天,江非被一种虚拟世界里的幸福温暖着,有很长一段时间,江非甚至在庆幸自己又找到了前世注定的缘分。

在又一个冬天里他们见了面。一个离异独身的男人的寂寞里,仿佛闪现出了某种意料之外的感动,原来,一切来得都是如此突然。

又一个夏天的夜晚,安顿好女儿睡下,打开电脑的时候,江非被一种深深的思念撕扯得坐立不安。突然想起今天是自己的生日,一种挥之不去的寂寞让江非在一种不安的情绪中开始了漫长的等待。午夜的钟声响过,"丝丝花语"的头像仍是一片灰暗,似乎并无突然亮起的迹象。在不安的等待中,江非拨出了那一串熟记于心的数字。

电话通了,曾经熟悉的声音被一个男人粗野的脏话代替,电话那端似乎还有女人低低的哭声,一切原来是这样的,江非顿时明了于心。相濡以沫的妻子,五年的感情耐不住半年的寂寞,而自己又这样糊里糊涂地成了另一个女人寂寞时的替代品。手机在这时候响起了,接通,那个曾经万般柔情的声音变成了恶狠狠的指责,责怪江非午夜的电话扰乱了他们的夫妻生活。片刻的沉默,江非只淡淡地回了一句,电话打错了。那边就只剩下了沉默。

全民微阅读系列

淡淡地一笑之间，江非轻轻地删掉了那个熟悉的 QQ 头像，连同心头一丝淡淡的伤。

　　日子就这样趋于平静了。每天上班下班，接送孩子，忙得不亦乐乎的江非在静静的夜里，点燃一支烟，在淡淡的烟草味道中打开电脑，偶尔也在 QQ 里向熟悉或者陌生的朋友发出一串问候，却不再有了那种痴痴等待的感觉。偶尔也会接到前妻的电话，似乎也没有了幽怨，只是平静地谈起孩子，平淡之间似乎都已明白了宽容的无价，只是一切都已过去，一切都不可能回到从前。

　　看着女儿熟睡的脸庞，一支烟也在指间燃尽，一种突然之间真实起来的感觉在江非的心里渐渐地清晰，淡淡的愁绪只在夜深人静时在内心刻骨铭心地痛着。江非也总算明白了，一个人的生活可以没有天长地久的爱情，但无论如何不能没有面对生活的从容与淡定，似乎一切都只为活着而活着。

桃花雨

　　阳光从头顶上淌下来，杨桃花从一棵桃花盛开的树下飞快地站起身子。我连忙喊起来："羞羞羞，把脸抠！"

　　杨桃花羞红的脸上闪烁着桃花的颜色。她恶狠狠地扑向我，一把揪住我的耳朵低声说："再胡乱喊我揪掉你的猪耳朵！说，你看见啥了？"

　　我连忙捂着耳朵说："杨桃花，俺又不跟你一样非要蹲着尿，啥也没看见！"

坏了坏了,臭二狗子,死二狗子！杨桃花伸向我的手又缩回去了,这回杨桃花不再凶了,双手捂着脸蹲在地上,两只眼睛从指缝里偷偷地看我。她看了半天猛地站起来,抓住我的衣襟说："我娘就是尿尿时被我爹看见才跟了我爹的,你也不许耍赖哦！"

我说："我二狗子什么时候耍过赖？哪次赌石子输了我不是乖乖地让你刮鼻子？大不了长大俺像你爹娶你娘一样娶了你！"杨桃花就放了我的手说："真的？拉钩！"我说："拉就拉,二狗子还怕你不成？"

杨桃花就轻轻地勾着我的小手指,靠着满树的桃花笑得和桃花一样好看。

那一年我八岁,杨桃花七岁。我们都是笊篱沟小学的学生,杨桃花一年级,我二年级,我爹是校长。我娘嫌我爹当民办教师太穷跟我爹离婚走了,我爹就整天板着脸,喝醉酒后把我揍得哇哇叫。

后来,我爹找了后妈。杨桃花经常会抚摸着我被我爹和后妈揍得乌青的脸和揪得渗血的耳朵说："二狗子乖,二狗子不哭,你爹不喜欢你我喜欢你,长大俺要做你老婆呢。"杨桃花就拉着我在桃花树旁坐下,揪来一把酸酸草说："二狗子哥,桃花给你做饭饭吧。"然后,我们就一人端着一块瓦片坐下来,把大把的酸酸草塞进嘴里,嚼出阳光的味道。

后来的日子,就像笊篱沟那常年哗哗流淌不尽的溪水一样,轻飘飘地淌了过去。我上了大学,毕业留在城里的一家小报当记者。故乡笊篱沟的记忆越来越远了,只是那一树桃花依旧经常在我的梦里灼灼盛开,勾起我对故乡的缕缕思念。

再见杨桃花的时候,正是桃花盛开的季节。城市的公园里开满了一种叫作碧桃的花儿,只是不结桃子,而是一种观赏植物。我到一家很有名气的公司采访,说是采访,其实就是为了完成报社给我下达的广告任务。那是我在报社上班的第一个月,完不成任务我就得回家乡笨篱沟种地去,因为口袋里的钱已经没法儿让我在这座城市里坚持下去了。

正在我和那个秃头的胖老板拐弯抹角地谈着广告的时候,一个衣着时尚的女孩闯了进来。胖老板慌忙地站起来说:"你怎么找到公司里了?不要胡闹!"

女孩径直走向胖老板面前的沙发,我连忙站起来,刚准备退出去的时候,我突然喊了声:"杨桃花!"女孩看了我一眼,有些慌乱地转过身去说:"先生,我不叫杨桃花,你认错了。"我讪讪地退了出去,背后传来女孩和胖老板激烈争吵的声音。我一边走一边想,怎么会认错呢,杨桃花下颌的桃花痣是我永远忘不了的标志啊。

许多年后,我终于成了城里人。再回家乡时,我听说了杨桃花的消息,说是在我留城那一年,杨桃花从城里的出租屋窗户跳下,当场像一瓣桃花在城市的水泥地面凋谢。原因是一个城里的老板包养了她却又抛弃了她。我愕然想起,那一次我到那个老板办公室采访不久,一个叫"桃花雨"的网友加了我的QQ,只发给我许多张胖老板违法经营的照片就再也没有和我联系过,我猛然想起原来她就是杨桃花。靠着这些照片,我成功地签下了胖老板的广告,而且一直到我离开那家报社,这些广告都是我在小城站住脚的资本。

回城的路上,漫山遍野的桃花像粉色的云彩缀满了山坡。我站在一棵缀满花朵的桃花树下,想起了童年的往事。这时,天空突然落起雨来,湿漉漉的花瓣随着雨水落了我一身,我仿佛又看见了七岁那年的杨桃花。她说,二狗子哥,长大俺要做你老婆呢!睁开眼睛,眼前只有一瓣瓣的桃花在雨水中翩翩飞舞,像极了一个人的命运,无声无息地飘落。

第三辑

是花儿就该向着天空微笑

每一朵花儿都应该拥有春天

在寻找画家姐姐家的路上,李小若又想起了那年夏天的午后,那一片百合花般的记忆便像水一样漫了上来。李小若还记得,那时的夕阳像一个行动迟缓的老人,正擦着西边的山脊一点点地滑落下来的时候,李小若正坐在河边的沙滩上,随手就把一块石头扔向水面,霎时一片金色的河面就随着水波碎成了一堆美丽的碎片,看得十六岁的李小若心里竟有了酸酸的感觉。

这是有生以来第一次逃课吧,反正过完这个周六就不用再上学了。李小若明白那天离开家时父亲的话,父亲说:"十六岁的丫头了,也该帮家里干活儿了。读书有啥用,以后还不照样嫁人。"

李小若不怪父亲,她知道家里的处境,父亲一个人供她们三个丫头读书的确很艰难,更何况还有一个常年卧病在床的母亲。可是十六岁的女孩子总有许多绚丽的梦想,李小若的梦想就是当一名画家,用手中的笔把这夕阳下的河流点染成美丽无边的梦。

周五晚自习后,李小若感到无比轻松,因为明天就永远不用再来学校了。这时候,班主任老师却走进教室告诉了大家一个对于李小若来说既高兴又绝望的消息,周六不放假,因为有城里的画家来捐赠,听说还是一个女画家呢。

李小若决定暂时留下来,她要看看女画家到底是什么样的。

周六的中午,李小若终于看到了她向往了好久的画家。那是一个看起来比自己大不了几岁的女子，一袭素洁的衣裙，恬静淡远的目光，像一株美丽的百合花，给人一种亲切而高洁的感觉。李小若想起了自己的画家梦，如果自己也像画家姐姐一样，那该多好啊。想着，李小若伤心起来，低着头准备出教室。

"那位穿黄衣服的小女孩，你叫什么?"李小若听到画家姐姐的声音，抬头见画家姐姐正亲切地看着自己。

李小若忽然感觉自己并不伤心了，她响亮地回答了画家姐姐，并说出了自己的画家梦。

李小若看见画家姐姐会心地笑了，画家姐姐对班主任老师说："就是她吧，这个小姑娘眼里的忧郁让我感觉她需要我来帮助她完成自己的梦想。"

李小若幸福极了，她看到陪同画家姐姐一块儿来的那位大哥哥用笔详细地记下了她的情况。李小若心头的冰一下子化开了，连头顶的太阳都似乎在幸福地向她微笑。

李小若终于没有失学，因为每个月她都会收到画家姐姐寄给她的生活费，李小若有了在学校继续待下去的资本，也有了实现她的画家梦的动力。

后来，李小若考上了中央美术学院，成为村里第一个到北京上大学的女孩子。在大学里，她兴奋得像一只小鸟一样，在游览校园时，她总是想起那个周六，想起那个给她帮助的画家姐姐。

一晃就快毕业了，李小若想起该去看看画家姐姐了，也许毕业后她会帮自己留在北京，让自己变成地道的城里人呢。

按照信封上的地址，李小若好不容易找到了画家姐姐的家，李小若兴奋得不知道怎样才好。画家姐姐还会记得她吗？李小若想。

门开了，李小若真的不敢相信这就是那个像圣洁的百合花一样的姐姐的家,客厅里凌乱不堪。开门的是那个和姐姐一块儿去学校资助她的哥哥,可是哥哥的脸上似乎再也没有了那个周六在学校里看着李小若和姐姐的手拉在一起时的开心。

李小若突然有了一种不安的感觉,她抬头看见了墙上的黑色镜框里的姐姐正微笑着看着她。

"姐姐呢?"李小若急忙抓住那个大哥哥的手问道。

一滴水落在李小若的手上。抬头,李小若看到了大哥哥脸上的泪水。

大哥哥似乎并没有忘记她,而是轻轻地转身,从抽屉里拿出一幅画和一本存折递给了她。从大哥哥的叙述中,李小若才知道,原来在她考上美院的那一年,画家姐姐就因为难产,带着对李小若的关爱去了另一个世界。临终前,她托大哥哥把这幅画和存折交给李小若,存折里的钱,足够李小若上完大学。这个孩子和我有缘吧,画家姐姐经常说。

打开画,原来画的是李小若家乡的景物,校园里破败的花坛里,夕阳下一朵朵美丽的花儿争先恐后地伸出花瓣儿享受阳光的照耀,画的一角写着:每一朵花儿都应该拥有春天。

李小若哭了,她仿佛又看到那年的阳光下,一身素洁的画家姐姐,如一朵美丽的百合花在洒满阳光的校园里绽放。

眼前的哥哥似乎比以前老了许多,李小若知道,为了完成姐姐的遗愿,哥哥一直单身一人。

李小若想起了自己来之前的想法,为了留在北京,她几乎想尽了办法,甚至接受了一位父母在北京当官的同学的追求。此时,李小若为自己的想法而羞愧。

李小若拿出手机,给那位能够让自己留在北京的男友发了一条短信:我们分手吧,我已经决定回家乡去了,明天就走。

不一会儿,男友的短信回过来了:为什么? 你在哪儿? 我来找你。

李小若再次发过短信:不为什么,因为每一朵花儿都应该拥有最美的春天。然后关掉了手机。

李小若的眼前又出现了那年的阳光,阳光下,一株美丽的百合花正对着她开出美丽的笑颜,她在干净的校园里漫步,暖融融的阳光在她的头顶轻轻地流淌,如同一条看不见的河流,将她的梦想带到了很远很远的地方。

打开最后一扇门

那一年冬天,我离开了任教三年的家乡小学,一个人独自去城市里闯荡。

拿着一纸并不起眼的文凭,我无数次地在人才市场里徘徊,很多次,招聘单位只是看一眼我的文凭和简历,就一口回绝了。我清楚地知道,我的文凭只是一张自考大专文凭,简历也十分平淡无奇,没有任何值得让人为之眼睛一亮的辉煌经历,只是记载了我简单平凡的求学过程。

每天把自己埋在一堆招聘广告里,我几乎对自己失去了最后的信心。眼看着身上的钱一天天变少,我甚至做了最后的打算,大不了我再回家去。那一天我看到了一则报社招聘记者的广告,要求本科以上学历,必须有两年以上新闻从业经验。我不知道自己该不该去试一试。我在电话里把情况告诉了父亲,谁知父亲说:"为什么不去试呢? 经验不是天生的,是我的儿子就不要轻易回来!"

第二天,我鼓足了勇气来到了报社。填表时,我看到负责招聘的那位先生眼光掠过我的毕业证时眉头微微皱了一下。我连忙结结巴巴地说:"我虽然只有大专学历,但我在报纸杂志发表过许多文章,您看看。"说着我把贴有自己发表作品的剪贴本递了过去。我看见那位主管的眉毛稍稍舒展了一下。就这样我成了所有应聘者中唯一的一个大专生。

凭着扎实的文字功底和自考时所学的新闻知识,我顺利通过了笔试,和其他两名应聘者一起等待着报社总编的最后面试。三名初试通过者,只有一个最终将被录用,一个是本科生,另一个是新闻专业研究生,我越发对自己没有底气。

坐在总编对面的沙发上,我听前两位口若悬河地回答着总编的提问,看着总编严厉的表情,我的内心一阵阵发紧。终于轮到我了,我紧张地讲完自己的经历,等待着总编的提问。我偷偷地看了一眼,发现总编手里翻阅的正是我的作品剪贴本,心里一下子放松了,镇定自若地回答了总编提出的专业以及专业以外的问题。

最后,总编对我们说:"你们三个都很不错,面试最后一道题就免了吧,你们回家等通知。如果想知道你没有被录取的原因的话,你可以在临走前打开后面这个文件柜子看看。"

那个研究生第一个走上前,打开了柜子,犹豫了一下就和总编握手告别了。第二个人打开柜子,再打开下一扇门,突然脸色大变,连忙合上了柜子。

轮到我了,我轻轻推开柜子,发现里面还有一扇门,上面贴了一张纸条:"报社内部资料,请勿打开。"犹豫了一下,我还是打开了这扇门,谁知,里面还有一扇门,上面的纸条上写道:"警告,作为一名新闻记者你应该清楚地明白报社纪律,不应该看到的你绝对不能看到,请你不要再打开资料柜。"我的手开始发抖,但强烈的好奇心驱使我继续打开这扇门。打开这扇门,我发现竟然还有一扇门,门上的纸条上写道:"对不起,鉴于你屡次违反本社纪律,见到这则警告时你已被报社除名,下一扇门你没必要再打开。"我回过头来,看了总编一眼,发现总编的眼睛正凝视电脑,没有任何表情。我想了想,既然自己注定是要落聘的,为什么不打开后一道门呢?就算没有被聘用,知道原因也是最好的结果吧。

片刻的犹豫后,我打开了最后一扇门。柜子里什么都没有。只有一张纸。我拿出来一看,上面竟然写道:"恭喜你,你已被本社正式录用!"拿着这张纸,我愕然地望着总编。总编已热情地伸过手来,一丝笑容浮了上来,亲切地对我说:"祝贺你通过了最后一轮面试!"

我突然明白了,这才是今天最重要的面试题目。那个研究生太过自信,志在必得的心理导致他不屑于去找失败的原因;那个本科生太过于循规蹈矩,不敢违反常规去推开下一扇门;而我,因为认定了自己要失败,但又不甘于连原因都不知道,所以就无所畏惧地打开了最后一扇门。而总编最后的解释就是:冲破阻力,敢于不顾一切地查明事实真相才是一个一线新闻人员最重要的素质。

许多年过去了,如今我早已离开了新闻行业,但那次应聘经历却永远记忆犹新。每每遇到困难时,我都会对自己说:"鼓起勇气,打开最后一扇门!"因为,我明白,不放弃任何努力的机会,打开最后一扇门,即使失败,也可以找到原因;同样,只要不轻易放弃,也许成功就在眼前。

像蝴蝶一样歌唱

秋天的阳光像蘸了水的破布一样从天空垂了下来,披在身上又冷又硬。我坐在教室后排看着从窗户透进来的阳光,无聊的日子总是很慢很慢。偶尔有风吹过窗外的柳树,一片一片的叶子落下来,像极了我内心的忧伤。

没有人知道我内心的痛苦。那一年夏天,整日争吵甚至拳脚相向的父母终于以离婚的方式结束了他们的战争,而我也一下子成了没娘的孩子。取代母亲的是一个蛮横的女人,无端的打骂让我总想逃离这个冰冷的家庭。十六岁的年龄,我平添了许多别人没有的伤感和迷茫。习惯了逃课、打架和抽烟,我成了一个老师和同学讨厌的人,总是一个人无声无息地坐在教室后排的角落里,没有人会注意到我的存在。

青葱的年代,总有许多的情愫在内心悄悄滋长,像是欲飞的鸟儿,怎么也关不住。我默默地在一本厚厚的日记本里写着一些长长短短的句子,模仿一些杂志上的情诗,内容却是写给一个叫盈的女孩的。盈是班上的公主,而我却是一只丑陋不堪的青蛙,但我内心却怎么也止不住对盈的思念。教室外面的花坛里时常有飞舞的蝴蝶翩翩飘过,没事的时候我就捉几只蝴蝶,在翅膀上写下对盈的思念,然后夹在日记本里,做成我自己私密的心情标本。没有人明白我内心的忧伤,甚至连盈都没有和我说过一句话,但十六七岁的内心,那种浓浓的思念却是无法阻止的。

高三最后一个学期的一天,我把写了三年、藏满自己心事的日记本放在书包里,就一个人逃课去了操场打篮球。回来的时候,教室里正发出一阵阵哄笑。走进教室,有人在喊:"情诗王子回来了!"我看见班上平时最喜欢嘲笑别人的强子正捧着我的日记本,用极其夸张的语调读着我的那些所谓的情诗。耳边的哄笑声再次响起的时候,我的大脑一片空白,像被人一下子脱掉了衣服一样窘迫。

　　我看见盈一下子冲上去抢过日记本,满脸通红地向班主任办公室跑去。我默默地捡起被抖落在地上的蝴蝶标本,然后坐在座位上等着班主任发落。

　　果然,不一会儿我就被班主任叫到了办公室。班主任怒不可遏地呵斥,苦口婆心地说教,然后是让回家叫家长。

　　我一个人跑到县城的河边,看着冬日的河水平静地流淌,却不知如何是好。教室不敢去,家更是不敢回,我害怕同学的嘲笑、老师的指责,更害怕父亲和继母的打骂。

　　第二天下午,我决定偷偷回到教室看看情况。悄悄地坐在座位上,我看到自己的日记本又完好无损地放在书包里,而且全班的同学再也无人嘲笑了。我迟疑地问了一下前排的学生,才知道由于学校人事变动,我们换了一位姓周的女老师当班主任,而且也没追究我的事。

　　盈破例地朝我笑了笑,而且让我看自己的日记本。轻轻地翻开,我看到里面多了一个蝴蝶标本,美丽的翅膀上写着一行娟秀的字:"喜欢蝴蝶,就让我们像蝴蝶一样歌唱吧,远远地牵挂,何尝不是一道风景? 愿你的心情永远像蝴蝶一样美丽。"纤细美丽的字体,像盈的,似乎又不像。我正准备问盈,盈却笑着走了。我的内心突然萌发了一种感动,从此,我不再自暴自弃,我像家乡的一株野草一样坚强了起来。

　　高中毕业后我就失去了求学的机会,虽然我知道自己和盈已经不可能再有机会了,但我依然牵挂着盈。虽然命运似乎已成定数,但我从来没有停止过努力,我学会了坚强地面对一切失败。在外漂泊的日子,我一直珍藏着那个蝴蝶标本,只要看见那五彩斑斓的翅膀,我的心里就会浮现出盈的笑脸,像是蝴蝶在歌唱。

　　十年后,再回家乡小城的时候,我已经自学完大学的所有课程,而且考取了小城的公务员,在政府部门上班。而同样在小城政府部门上班的盈,终于正式成为我的恋人,我一直以为那一只鼓舞我前进的蝴蝶标本上的字是盈写给我的。

　　在一个阳光灿烂的午后,盈特意带我去拜访周老师。已经退休的周老师把我们让进客厅,说起当年的往事,盈告诉我,那年她把我的日记本交给前班主任时,暴跳如雷的班主任正准备把我上报学校打算开除的时候,幸好学校换了周老师。周老师马上找到了盈,并召开了班会,这件事从此再也无人提起。周老师还专门安排盈把日记本放回我的书包。那一个蝴蝶标本,就是周老师制作并模仿盈的字迹写上那样的话语,然后夹在日记本里,并不让盈说出去的。就是那些话语,让盈消除了对我的忌恨,并最终成为我的女朋友。

　　"一只蝴蝶,让它歌唱,它就是美丽的精灵;仅仅当它是一只蝴蝶,它就是一只虫子而已。"周老师说。望着周老师满是皱纹的笑脸,我似乎再一次听到了蝴蝶的歌唱。我知道,我的心里永远有一只蝴蝶,舞动着美丽的翅膀,在轻轻地歌唱。

生命中那张慈祥的脸

那天，接过老板亲手递给我的八百元钱，我知道我已经失去了这份工作。

老板说："我知道你是一个十分敬业的人，可是你也知道公司的现状，我们也正在尽力挽回这种局面……等公司情况好一点儿我会通知你回来上班的。"

当初只身一人来到这座城市，在这家公司里，我只是一个扛水泥的小工。仅仅是因为我在打工的同时还坚持参加自学考试，老板知道后十分赞赏我的毅力，便破格把我调到公司办公室负责文件打印和一般接待工作。如今公司面临困境，老板对我也算是仁至义尽了。

离开公司后，我在这座城市游荡了两个多月，还没有找到一份赖以生存的工作。哪怕是一份像刚来这座城市时给人干苦力的活儿也没有找到。

在身无分文几乎绝望的时候，我碰到了张叔。张叔是和我一块儿在那家装修公司扛水泥的工友，那家公司倒闭后，张叔就一直在劳务市场找零活儿干。

张叔对我说："小伙子，如果你不嫌苦的话，我们一块儿去秦岭铁路隧道工地干活儿吧，我有个侄儿在那里，听说只要能坚持下来，倒也挺挣钱的。你现在没有找到工作，不如先去那边干一段时间，等有了点儿钱再去找合适的工作。"

当天下午,我就和张叔一块儿来到他家,准备第二天到秦岭隧道干活儿。

张叔的家在关中南部边缘秦岭脚下一个小村子里,离城市不远,却与西安这座大都市有着天壤之别。

张叔有一个常年多病的妻子和两个正在读初中的儿子。张叔叫张婶给我做饭,两个多月来,一直找不到工作、没有住处的我,每天仅靠一块钱五个的馒头和方便面维持着体内的热量。

半夜醒来,我听见张叔在向张婶讲述我一边打工一边自考的故事。半晌,张婶说:"这孩子有志气,一个人出门在外不容易,你要多照顾啊。"

很快,张叔就带我去见了工地上的工头。工头见我一副文弱的样子,死活不要。张叔好说歹说,把我在工地上一边干活儿一边自学的故事说给工头听,工头才勉强答应了。但是工头规定我不能在这里看书,因为隧道里的活儿很危险,要随时保持高度的机敏性。

秦岭隧道是贯穿关中和陕南的一条铁路隧道,当时是全国第一、世界第二的铁路长隧。第一天进隧道,坐在运石料的小火车上,迷迷糊糊地走了两个小时,才到达我们上工的地点——位于秦岭正中位置隧道的中心点,据说离隧道口有一万多米呢。

一下车,我和张叔夹杂在三十多个四川民工里,疯了似的干起活儿来。因为大家都知道,只有用完这五车材料才能下班,出洞口歇息一下,以恢复体力应付第二天的工作。

张叔替我向领班说了情,才把我安排在车上拉料,就是把一袋袋的水泥和沙子、石子按比例倒进小火车前端的搅拌机里。据说这是隧道里最轻松的活儿了。

最前端的喷浆机把搅拌好的水泥喷射到隧道的顶端和两壁

上,空气中飞溅着水泥浆的浓雾中,我什么也看不见,只有眼前的搅拌机在飞速旋转。我一手拽住一袋水泥沙石使劲拖到搅拌机进料口前,取下衔在嘴里的刀片,飞快地划开袋子,猛的一下倒进搅拌机,一阵水泥粉尘轰的一下呛进我的嘴里。我顾不了许多,转身拖起下一袋,飞奔了过去。

不知过了多长时间,机器声终于停了下来。我的汗水早已流干了,结了厚厚一层水泥的身体像一摊烂泥似的瘫软无力。我倒在运料车上,两眼阵阵发黑。

"小伙子,能挺住吧?"我听见张叔的声音。"第一天终于熬过来了,你挣了八十元呢。"张叔说。

我顺着声音望去,张叔早已辨不出模样了,厚厚的水泥浆把他裹得只剩下嘴巴和眼睛了。

张叔说:"下来歇会儿吧,待会儿送饭车来了,吃过饭我们就可以下班了。"

我使劲地爬了起来,刚要下车,却一个趔趄向车下栽去,张叔连忙一把扶住了我。

刚才在机器声中也像机器般高速运转的工友们这会儿一个个像散架了似的,横七竖八地躺倒了一地。

我从怀里掏出偷偷带进来的已被汗水浸透的《大学英语》,躺在地上看了起来。不一会儿,却在强烈的疲乏中迷迷糊糊地睡着了。

起来!睡梦中我的大腿被人踢得生疼。睁开眼睛一看,原来是工头的三弟,正要撕掉盖在我脸上的书。

张叔一个箭步上前,一把夺回了我的书。

四川工头的三弟骂骂咧咧地说:"你个兔崽子,不好好干就走人!"

张叔挡在工头三弟的面前说："你别管他,他的活儿有我顶着,不会误你的事!"

工头三弟骂骂咧咧地走了,大家一拥而上,扑向了送饭车。

看着工友们狼吞虎咽的样子,我的嗓子里却直冒烟,一阵阵干呕,吃不下任何东西。

张叔端着碗蹲在我身边,慢腾腾地说："吃吧,小伙子,人是铁饭是钢呢,吃不了怎么干活儿呢。人总有走运和不走运的时候,你还年轻,以后的路还长着呢,不像我,老了,不中用了,就指望两个孩子能考上大学,你婶子的病能早点儿好……"

我强忍着干呕,和着泪水使劲地咽下了满满一大碗半生不熟的大米饭。

出了洞口,我才知道我们已经在隧道里整整干了十五个小时,而我们总共拖了一万多袋水泥石料,将近五十吨啊。

十天之后,张叔找到他的侄儿,借了二百元钱给我,然后又带着我去见四川工头,替我领回了八百元钱工资。张叔说："给你凑个整数吧,这里不是你这种读书人待的地方,拿着这些钱再去找工作,钱花完了你再来找我。"

我含泪离开了张叔,再次来到西安,一边找工作,一边参加最后几门自考。三个月后,我终于进了一家报社,做了一名记者。

领到第一个月工资,我打电话到工地找张叔。四川工头在电话里告诉我,张叔出事了,一个月前被运送石料的小火车轧死在隧道里。

我急急忙忙地赶到张叔家里,病快快的张婶显得更加虚弱。几个月不见,她满头的头发全都白了。

张婶没有哭,只是不停地喃喃自语："老头子倒好啊,一个人撇下这个家走了,啥心都不用操了,我可咋办啊!"

我不知道该怎样安慰张婶，只是把一个月的工资全部拿了出来，递给张婶。张婶死活不要。张婶说："老头子走了，工头还算有点儿良心，赔了两万块呢。老大虽然考上了大学，但没去上，也出去打工了，老二继续上学的钱也总算够了。老头子都没了，还图个啥呢！"

临走时，我把钱偷偷地塞进张婶的被子底下，然后含泪告别了这个风雨飘摇的家庭。

几年过去了，打工路上，我依旧经历了太多的坎坷。每每面临绝境的时候，我总会想起跟我素昧平生却又曾经患难与共的张叔朴素的话语：人生的路还长，人的一生总有走运和不走运的时候，熬过了不走运的日子，你就只剩下了幸福。

如今，我回到了家乡的小城，有了一份稳定的工作。每当走过建筑工地，看到那些戴着安全帽在脚手架上忙碌着却又总是被城里人看不起的民工时，我就会有一种肃然起敬的感觉。我会不由自主地想起生命中那刻骨铭心的十天，想起那个帮我走过人生低谷而又永远无法报答的张叔，想起他那张慈祥的脸。

两个乞丐

两个乞丐跪在天桥下的人行道上，黄昏的北风夹着鹅毛大雪，疯狂地钻进他们单薄的衣衫里，冷得他们只好使劲地缩着脖子。

几个小时过去了，两个乞丐一边咒骂着这冷得让人无处藏身的天气，一边死死地盯着面前的破碗，期待着路过的行人扔给他们一张或两张纸币。可是路上行人稀少，仅有的三三两两的路人似乎谁也没有注意到他们的存在，面前摆了一天的破碗里依旧空空如也。

"这样总不是办法吧，明天咱们得想个法子。"大乞丐对身边的小乞丐说。

天黑了下来。这时一个七八岁的小女孩一手提着一盒蛋糕，一手拉着母亲，一蹦一跳地走了过来。

"行行好吧，我一天都没吃饭了，给点儿饭钱吧……"老乞丐赶紧抓紧机会，跪在母女俩面前使劲地磕起头来。

小女孩停了下来，从口袋里掏出一元钱放在老乞丐的碗里。走过小乞丐的身边，小女孩翻遍了整个口袋，却再也找不出一分钱。小女孩失望地看着小乞丐的破碗，那里面什么都没有，就像小乞丐满含失望的眼睛。

小女孩犹豫了好半天，终于像下定了决心似的把手上的蛋糕递给了小乞丐。小乞丐犹豫着不肯去接。

"妈妈，把我的生日蛋糕分给这个哥哥吃好吗？他一定很饿了。"小女孩抬头看着母亲，两只大大的眼睛闪烁着焦急的光芒。

母亲点点头，把蛋糕放在小乞丐面前的地上，然后拿出火柴把蜡烛点着。小女孩蹲下身子，一口气吹灭了所有的蜡烛，然后切出很小的一块分给自己和母亲，把一大块蛋糕分给了小乞丐。小乞丐接过蛋糕，轻轻地抚摸了一下小女孩的头，说了声"生日快乐"，转过身去悄悄擦掉了脸上的泪水，然后呆呆地看着小女孩像快乐的小鸟一样走远。

第二天，经过一夜的思考，老乞丐找到了一根绳子，把双腿弯曲着捆绑起来，用一张旧木板垫在身下，用双手支撑着行走，来到另外一座天桥下乞讨。果然,面前的破碗里的纸币很快就多了起来。而小乞丐则一夜没有入眠,那个小女孩快乐的笑声一直回荡在他的耳边。他不甘心就这样一辈子跪在路边等待别人的施舍。天没亮,他就离开了这座城市,很快他就凭着自己勤劳的双手养活了自己。

凭着自己的智慧,经过多年的打拼,小乞丐已不再是那个寒酸的小乞丐,他已经有了自己的公司。当然,他一直无法忘记是那对善良的母女用陌生的关爱点亮了他人生的火把。他一直努力做一个乐于助人的人,也因此赢得了良好的口碑。

若干年后,他重新回到了当初那座城市。当他把一张大额钞票放在一个年迈的乞丐的破碗里的时候,他突然认出,这个老乞丐就是当年那个老乞丐。由于双腿长期捆绑,他已经再也站不起来了,永远只能靠两只手支撑着行走。

如果当年那对母女给了他蛋糕而给了自己钞票,会是一种什么样的结果呢?他想。幸好老乞丐已经再也认不出他了。

没有不带伤疤的果树

记忆中最失落的日子是那个夏天。六月的阳光像火一样烤着大地,而我的心里却像冰一样寒冷。那年我十八岁,刚刚离开喧闹的校园,回到了家乡的小山村。拿着自己还差十几分的高考成绩单,我像是一只迷途的小羊,无助地站在人生的十字路口上,不知道何去何从。

父亲甚至没有一丝让我补习的打算,早就把我当作是家里的负担的继母更是冷眼相向。帮着家里收完麦子后,我收拾简单的行李,一个人出去打工。在他乡的城市里的建筑工地上,我埋头苦干了三个多月,然而快要过年的时候,工头却突然地失踪了。三个多月的流血流汗,换来的却是这样的一个结果。我打算不回家了,我害怕村里人的耻笑,更害怕继母的责骂。一个人流浪在异乡的街头,我还是忍不住给家里打了电话。电话接通了,那一头的父亲沉默不语,我知道,他一定是为自己有这么一个不争气的儿子而伤心透顶。街道上的年味浓了起来,而我的心里却是一种说不出的滋味。好半天,我听到了电话里一阵窸窸窣窣的声音,原来是早已守在电话旁的爷爷接过了电话。

"有钱没钱回家过年,一定要回来啊,爷爷有话要跟你说呢。"听着爷爷苍老的声音,我的泪水一下子涌出了眼眶。我不相信一辈子守着家乡的小山村、连县城都没去过的爷爷会讲出什么大道理,但我还是决定回去。

用口袋里最后几十块钱买了一张车票,我终于在大年三十的那一天回到了家。父亲依旧是一言不发,继母甚至就当我不存在似的。除夕的夜晚,我躺在床上,对着屋顶发呆。外面响起了鞭炮声和孩子们的笑声,而我的心里却无限地悲伤。

大年初一,我没有出去,一个人躲在家里。不一会儿,爷爷来了,手里提着一把斧头,喊我出去帮他干活儿。

我极不情愿地跟着爷爷,来到了地头的一棵老核桃树下。这棵核桃树已经很老了,树枝大部分已经枯死,风一吹就会噼里啪啦地往下掉细碎的枯枝。

坐在核桃树下,爷爷说:"我知道你心情不好,就当是跟我出来散散心吧。这棵核桃树已经老了,虫蛀了它的树干,而太老的树皮也不能供给它充足的养分,你帮我把它身上的树皮砍掉,相信它一定会结出又大又饱满的核桃来。"说着,爷爷把斧头递给了我。

我半信半疑地看了老核桃树一眼,把心中的郁闷全部发泄到这棵老树上,一阵猛砍,老树身上被我砍出了一道道深深的伤痕。

爷爷在一旁说:"使劲砍吧,砍得越深才越管用,只有把它身上的老树皮砍掉,来年它才会长出新皮,才会结出更大更好的核桃。要知道,世界上从来就没有不带伤疤的果树啊。"

望着被我砍出累累伤痕的老核桃树,我突然明白了爷爷的用心。老核桃树会在满身的伤痕中重生,人生又何尝不是呢?

过完那个春节,我又随着村里那些外出打工的人们来到了城市里。和其他人不同的是,我带的不仅是简单的行李,还有绚丽的梦想。我在打工的同时,开始了自己艰难的求学历程。那一年的秋天,收到爷爷托人捎给我的一袋又大又饱满的核桃时,我也收到了第一张自学考试成绩单。爷爷还特意让人告诉我,那些核桃就是从那棵老核桃树上摘下来的,经历了一个春天,老核桃树不仅长出了新皮,还结出了比以往任何一年都大的核桃,因为它已经摆脱了老皮的束缚,长出了足够让它焕发生机的新皮。爷爷还告诉我,失败就像树身上的老皮一样,只有抛弃它,人生才会有新的转机。

后来的日子,我依旧在屡屡的失败中挣扎,虽然艰难但始终未曾放弃努力。如今,我早已有了一份令人羡慕的工作,而且成了小城小有名气的作家。无论何时,我都不会忘记那年冬天,教会我面对失败的爷爷,还有那棵老核桃树。

用心赢得成功的微笑

"尊敬的布什先生：

我是一个普通的推销员。在一次有幸参观您的农场时，我发现您的庄园里长满了矢菊树，可惜有一些已经死掉了。我想，您一定需要一把小斧头来砍伐这些枯树，让您的庄园里充满阳光与生机。然而，普通的斧头对您现在的体质来说，显然是太轻了。我这儿正好有一把老斧头，不是十分的锋利，却适合用来砍掉这些枯树。假若您有兴趣的话，请按这封信的地址，给予回复……"

这是 2001 年的某一个夜晚，一位名叫乔治·赫波特的年轻推销员写给时任美国总统小布什的推销一把斧头的信。作为美国布鲁金斯学会的一名学员，他是在完成学会"金靴子"奖的考题。

很快，这位年轻的推销员就收到了美国总统小布什汇来的十五美元用以购买斧头的钱。从此，这位和其他推销员一样经历过无数次失败的年轻推销员终于用自己真诚的心赢得了成功的微笑，他获得了布鲁金斯学会已经空缺了 27 年的"金靴子"奖，被誉为"世界上最伟大的推销员"之一。面对记者采访时，这位平凡的美国青年说出了成功的真谛，就是布鲁金斯学会网页上的那一句格言："不是有些事情难以做到，我们才失去信心；而是因为我们失去了信心，有些事情才难以做到。"

自信的价值就体现在经历无数次失败之后，我们还能够坚持下去。乔治·赫波特的成功告诉我们，成功的微笑需要我们在无数次失败之后，仍然能够坚持用一颗平和与自然的心去换取，只有这样，幸运之神才有可能降临到我们的头顶。

　　这是一本书中的故事。书中告诉我们，布鲁金斯学会之所以把"金靴子"奖授予乔治·赫波特，就是因为他能够不因为有人说某一目标不能实现而放弃，不因为某一件事难以做到而失去信心。而我却认为，这个年轻人的成功，不仅因为自信，更多的是因为这个年轻人拥有经历失败后还能保持平和的心态，以及对别人、对世界的关爱之心。在不言放弃的同时，乔治·赫波特能够平静地观察总统的需要，想到的是总统先生的体质适合使用怎样的斧头，正是他的真诚与关爱之心赢得了总统的信任，也为自己打开了成功之门。

　　很多的时候，面对一系列的失败，我们总是抱怨自己的运气与机遇，为自己的失败而沮丧万分。如果我们能够适时地平静下来，用宽厚的心来照亮别人的心灵，或许你会赢得更多的支持与帮助，成功的喜悦就会在你的头顶向你微笑。

心灵永不生锈

　　十八岁那年夏天，高考落榜的我，怀着迷惘的心情，独自一人来到了离家不远的城市的一处工地打工。我的工作是把院子里的一堆水泥、沙石等材料扛到十五楼，供楼上装修使用。一百斤一袋的水泥扛在肩上，每走一步我的身体就像一张绷得紧紧的弓。一天下来，浑身的骨头似乎快要散架了。我不甘心就这样一直在工地上用体力消耗自己的青春，可又不知道自己的出路在哪里，感觉自己就像是一块被命运的大手随手扔进苦难的水里的石头，似乎永远也浮不上来了。

工地上有一位姓何的工友，年龄与我相仿，每天总是一副乐呵呵的表情。早上哼着快乐的歌儿来上班，总是在大家稍作休息时，唱起他那似乎永远也唱不完的歌，或是讲一两个并不好笑的笑话逗着乐子。而每个夜晚，小何又总是在工友们的鼾声里仔细洗净一身的灰尘，然后从简单的行李中拿出一根竹笛，径直走到临街的草坪上，一个人吹奏着一曲曲悠扬的曲子，直到很晚很晚。

也许是因为年龄相当，小何成了我在这个工地上唯一的朋友。失眠的夜晚，我会静静地坐在小何身旁，看着街道上三三两两的行人，想起自己的未来，心里总有一种说不出的酸涩。好在耳边有小何的笛声轻轻飘荡，带给我心灵一丝淡淡的慰藉。渐渐地我也知道了小何的身世。小何来自一个偏远的小山村，从小就有着很高音乐天赋的他在高考发榜那天，兴高采烈地捧着音乐学院的录取通知书回家的时候，从母亲哀伤而无助的表情得知，就在这一天的早上，在一座小煤窑打工的父亲被一块横空落下的石头砸中，从此，父亲的后半生只能在轮椅上度过。懂事的小何在悄悄烧掉了自己的录取通知书后，就告别家乡来到了这个工地上打工，绚丽的音乐梦也就此搁浅了。

我不知道小何是怎样看待自己的命运的，但我知道，在这样的环境中，梦想也许最终都不会实现吧。有一天晚上，小何吹起了一段熟悉的旋律。吹完后，小何情不自禁地唱了起来："心若在，梦就在……"

听着小何苍凉的声音,我不禁喃喃自语:"我们的梦想还在吗?"

小何沉思了好一会儿才说:"在的,只要我们积极地努力,命运是会改变的!"说着,小何随手拾起地上一枚因为生锈而被木工丢弃的钉子说:"因为生锈,这枚钉子被人丢弃。虽然我们都有着相同的苦难,但不能让自己的心灵生锈,否则就会被命运丢弃。"

望着小何坚定的眼神,我被这个阳光的小伙子打动了。那一夜,我们在一起坐了很久。我们约定,等攒够了上音乐学院的学费,小何就回去继续圆他的音乐梦;而我也决定报名参加自学考试,争取用努力来改变命运。

每天晚上收工后,伴着小何悠扬的笛声,我开始默默地读着自考书。我和小何像两个相遇在杳无人烟的沙漠中的旅人一般,萍水相逢却又惺惺相惜,互相鼓励着为自己的梦想而努力。我一直为有小何这样的朋友感到幸运。

第二年初夏的一个早晨,我提前向工头请了假,赶了最早的公交车去了考场。考完试回工地的时候,却听到了一个不幸的消息:小何出事了。原来,工程已经基本完工,大楼仅剩外墙没有清洗了,工头为了省钱,就让像我一样的那些小工去清洗,而且开出了比平时高出几倍的工钱。刚刚和母校取得联系并重新获得高考资格的小何为了多挣一点儿学费,自告奋勇地第一个爬上了从楼顶垂下的绳子。就在快要完工的时候,绳子突然断裂,小何一下子重重地摔到了地上。

急忙赶到医院时,医生正在做最后的努力。被拦在急救室门外的我不顾一切地冲进去的时候,小何的生命也即将走到尽头。我扑在小何身上大哭了起来。小何吃力地睁开眼睛看着我,艰难地笑了,然后把手中紧紧攥着的一枚生锈的钉子放在我的手里,断断续续地说:"拿好这枚钉子,记住永远不要让自己的心灵生锈……"说完,小何的手重重地垂了下去,带着他的梦想离开了这个世界。

许多年后,我换过无数的工作,经历过许多的失败,直到今天,才拥有了一份稳定的工作。每每感觉疲倦的时候我都会掏出那枚小何临终前交给我的钉子,此时,小何那永远停留在十八岁的笑脸就会渐渐浮现在我的眼前。其他人都不知道这枚钉子的来历,只有我知道,它见证的是一段已经远在天堂的患难情谊。这枚锈迹斑斑的钉子,时刻提醒我要不断地努力改变自己的命运,时时告诫我,苦难可以面对,心灵永远不能生锈。

采一缕阳光温暖自己

那一年的冬天似乎很长,长得终日见不到一丝哪怕是从窗外透进来的阳光。我孤单地躺在陌生的城市的病床上,久治不愈的疾病让我七岁的心灵充满了恐惧。远远地望着窗外灰蒙蒙的天空,我开始拒绝配合医生的治疗。每每护士的手推车在病房的走廊里响起的时候,我便开始用被子蒙着头,无论父母怎样劝说,也不肯吃药,更不愿意让护士那细长的针头扎进我的屁股。

在一个冬日的早晨,外公来看我了。看着我憔悴的病容,外公轻轻地坐在我的床前,一边用手抚摸着我浮肿的脸,一边讲起村子里我最感兴趣的事物。外公说冬天来了,后山上的柞树叶子已经脱光了,饥饿的松鼠开始满山遍野地寻找食物,这时候最好捕捉了,捉到松鼠可以驯养,让它作揖、打躬,很是逗人笑,因为松鼠是最有灵性的小动物……渐渐地,我在外公怀里睡着了。

醒来的时候,我发现戴着大口罩的护士正举着手里的针管,父亲和母亲正使劲地抓住我的双手和腿脚,原来他们是想趁我睡着了强行给我打针。我哇哇地哭叫起来,使劲地扭着身子,不让护士的针头扎进我早已被扎得乌青的屁股。这时外公示意父母停下来,然后走到床边搂住了我。我看见那个凶狠的护士摇摇头,推着她的手推车走了,和着高跟鞋的声音消失在楼道的尽头。窗台上是一盆早已被人遗忘了的花儿,在冬日的风中瑟瑟地摇着枝叶,一副无精打采的样子。外公把那盆花搬了进来,放在离暖气近一些的柜子上,浇了水,然后找出一面镜子放在窗台上,让阳光反射到花儿的叶子上。外公说:"你看,冬天虽然来了,但阳光依然是温暖的,只要有阳光,这棵花儿一定会重新焕发生机的。"然后外公又说:"你看花儿多听话呀,安静地享受着阳光,怎么不和花儿比一比呢?花儿活过来的时候,你的病也会好的。"我突然安静了下来,也出奇地听话起来了。终于有一天,我看到了在太阳照射下花盆里冒出了一点点绿色的星星,外公说那是花儿吸收了阳光的温暖,开始萌发了新的生命。我也在那一刻激动起来。外公陪了我三个月后,我终于出院了。

在后来的日子里,我却很少见到外公。那一年冬天,我经历了失学、打工、流浪,一事无成地回到家里的时候,我甚至已经对自己绝望了,我觉得自己也许就是命定的失败者。我害怕被人耻笑,整天躲在家里不敢出门,外公知道后,便托人捎信让我去他家住几天。

到外公家里后,外公什么也没说,就带着我上山去帮他扛用来种植木耳的柞木棒。整整齐齐的一堆柞木棒快搬完的时候,我们坐在旁边休息。外公吸了一口旱烟,简单地问了我在外面的情况后,吐出一口长长的烟雾说,还记得在医院里的那个冬天吗?只要还有蓝天,我们就能找到温暖自己的阳光,什么样的环境都不能阻止我们生存啊。说着,外公翻开最后几根柞木棒。由于长时间地堆放,每一根木棒下面都长满了不知名的小草,嫩黄的草径从木棒的缝隙里伸出很长很长,向着阳光的方向努力地探着身子,顶端的几片叶子已经染上了点点绿意。

外公指着这些小草对我说:"你看,世界上原本就没有阳光照不到的地方,只是我们不愿意伸手去采一缕阳光回来温暖自己呀。"

那一刻我终于明白了外公的苦心。若干年后,我经过努力终于有了自己的事业,而外公却已经去了另一个世界。但我永远无法忘记生命中的那两个冬天,在生命里最寒冷的冬天,我那一辈子和土地打交道的外公,用他最朴素的智慧为我的心灵采回了一缕阳光,至今温暖着我一生的旅程。

照亮心灵的阳光

那一年的秋天,我和许多刚走出校门的年轻人一样,奔走在都市里,为一份赖以生存的工作而煎熬。租住在一间阴暗潮湿的地下室里,每天小心翼翼地算计着口袋里的钱还能维持几天生活,我像一头寻找猎物的狼,睁大着饥饿的眼睛,四处寻找工作的机会。

在这个陌生的城市,我获得招聘信息的唯一渠道就是到胡同口那家小小的报刊亭买报、读报。刚开始,我每天出门的第一件事就是来这家报刊亭买一份晚报,打开招聘版一家一家打过电话去,然而毫无结果。终于在连拿出一块钱买份报纸都要算计半天的时候,我想到了一个办法,就是每次经过报刊亭时,装模作样地要份报纸,漫不经心地翻到招聘版,飞快地抄下招聘电话,然后再找个借口退掉报纸,这样就可以省下每天买两包方便面的钱。因为我发现那位摊主是个盲人,我的伎俩屡屡得逞。

有一天,我发现报纸上有一则招聘广告,准备掏出笔记下来的时候,一摸口袋,竟忘了带笔。我想买下这份报纸,可是口袋里的钱几乎连打几个电话都不够了。我犹豫了半天,最后悄悄地把招聘版所在的那一张抽了出来,然后把报纸合上,装作若无其事的样子递给了盲人老板。

拿着这张报纸,我居然成功了。一连几天,我上下班时都刻意绕开报刊亭,总觉得心里虚虚的。

不久,我找到了新的住处,准备搬离那间地下室。临走之前,我去报刊亭,准备趁买报之机,把偷拿的那份报纸钱还上。刚走近报刊亭的时候,就听见了盲人老板的声音:"小伙子,工作找到了?"

我吃了一惊,他竟然认出了我!我的脸一下子红了,嗫嚅着半天说不出话来。

盲人老板像是见了老熟人,说:"这几天总没见你来,我就知道你肯定找到工作了,年轻人,好好努力!"

我红着脸拿了一份晚报,把一张 10 元的钞票放在柜台上说:"我马上就要搬家了,这是最后一次到您这儿买报纸,不用找了!"

谁知盲人老板很生气,大声说:"该找的我还得找给你!"无奈,我只好说出曾偷拿过他报纸的事,谁知道盲人老板却毫不在意地说:"谁能没有难处呢? 你往这儿看。"我随着他的手看去,在柜台的一角放着几张晚报招聘版,报纸上方立着一块牌子,上面写着:"朋友,如果你不需要晚报招聘版的话,请放在这里,招聘版免费赠阅求职者,凡是不要招聘版的朋友,报纸优惠 5 角。"

我终于明白了,原来,我拿走那张报纸他一开始就知道,只是没有说破而已。他告诉我,自从他挂出那块牌子后,每天都会送出几十张晚报招聘版。我一算,这样一来,他每天要贴上十几块钱。和他说了,他却笑了。"十几块钱对我来说并不算什么,可对于那些急于找到工作的人来说,或许会起到很大的作用。"说着,他用手指了指天空,"就像这阳光,也许我们平时并不在意,可对于一棵树一株草来说,却可以给它们生命。"

一缕阳光打在了盲人老板的脸上,又好像照进了我的心里。

是花儿就该向着天空微笑

那年夏天,我怀着极其无助的心情回到家乡,那一个偏僻的小山村。因为三分之差,我成了地地道道的农民。

一直对我抱很大希望的父亲对我已经彻底失望了。父亲给我指出两条路,一是和做木工的叔叔学做木工活儿,二是做一个收购土鸡蛋的小贩。然后,父亲从我的书包里搜出我写了几年的几大本诗稿，一一点燃，等它们全部化成灰烬后，再狠狠地踩上一脚说："现在你应该知道了吧，都是这些东西害了你，如果再稍微努力一点儿，会有今天吗？"

我的心流血了。我不知道该怎样面对自己今后的命运。我很希望父亲能再给我一次机会，让我复读一年，可是我知道，依家里的现状，是根本不可能的了。

我把自己关在家里，一个人苦思冥想着自己的未来，越来越感觉迷茫。我不知道摆在自己面前的路该如何走下去，我甚至想到了死，想到了通过这种极端的方式来逃避命运。

昏昏沉沉地把自己封闭了三天的时候，从小就一直疼爱我的奶奶来看我了。看着我一脸绝望的表情，奶奶找出一把锄头，非要拉着我去门前玉米地里锄草。拗不过奶奶，我只好跟在奶奶的身后，无精打采地来到地里。

天空的太阳像火一样烤着，脸上被玉米叶划出一道道细小的口子，汗水流出来，像火烧一样疼痛。我像发疯了似的使劲地挥舞着锄头，全然不顾奶奶眼里痛惜的神情。

终于，等我发泄完了自己心中的郁闷之后，精疲力竭地躺倒在地头的时候，奶奶放下锄头，走到我身边，扯起自己衣襟擦了擦我满脸的不知是汗水还是泪水，指着地上的一株被我锄掉的不知名的草说："把这株草放到地边的大石头上去，要不然它还会活下去，而且会长得更旺，到时候满地都是这种草，锄也锄不下去的。"

我将信将疑地抓起这株不知名的小草，把它扔到了地畔的石头上。傍晚经过地畔的时候，我特意看了一眼那株被我扔在大石头上的草，只见那株小草已变成一堆干草，酷热的阳光和被晒得滚烫的石头已经把它的茎叶炙烤得用手一碰就会碎成粉末，我不禁对奶奶的话有些将信将疑。

　　见我一副怀疑的神情，奶奶说："这种草的俗名就叫'不死草'，不信你明天早上再来看吧，只要夜里一沾露水，它明天还会开出花来呢。"

　　第二天一早我还在睡梦中，奶奶就叫醒了我，叫跟她一块儿到地去看那一株"不死草"。

　　来到地里，我惊奇地发现，那株明明昨天已被晒干了的草，此时却格外精神，叶片上滚动着亮晶晶的露珠，顶端竟然真的开出了几朵淡紫色的小花。我拿起这株"不死草"，翻来覆去地看了好几遍，的确就是我昨天扔在石头上的那株，我不禁为这种草顽强的生命力感到惊奇与震撼。

　　看着我的表情终于发生了变化，奶奶说："每一朵花儿都应该向着天空微笑啊，你看，这种草在石头上都可以开出花朵，何况人呢？怎样的命运还不都要活下去？"

　　听着奶奶的话语，我不敢相信这些话竟然是从一个没读过一天书的农村老人嘴里说出来的。是啊，每一朵花儿都应该向着天空微笑，草在石头上都能开出花儿，人为什么不能和命运抗争呢？

　　那一刻我决定出去打工。我看过许多一边打工一边自学最终终于改变自己命运的成功事例，我决定像这株被扔在石头上的野草一样，努力开出属于自己的花儿。

　　当天下午，我就只身一人来到城市的工地打工。找到工作后第一件事，就是用临走时奶奶给我的用鸡蛋换来的一堆零钞买回了一摞自考书。几年里，我白天在工地打工，晚上拖着累得快要散架的身子拼命读书自学，终于考完了全部大学课程。后来我终于找到了固定的工作，改变了自己的命运。

　　第一次回家，依然健在的奶奶高兴得像个孩子似的说："这下我放心了。还记得我给你说的那个'不死草'的事吗？其实世界根本就没有'不死草'啊！"说着，奶奶从箱子里拿出一个纸包，打开，竟是当年那株被我扔在石头上的无名草，已经成了黑褐色，轻轻一碰就会化为齑粉。

我终于明白，原来那株开着淡紫色小花的无名草，是奶奶趁我未起床时换上去的。

那一刻，我泪流满面。我相信这个世界上真的有"不死草"，它永远长在我的心里，舒展着细小葱绿的叶子，摇曳着淡紫色的花儿，向着天空微笑。

听，阳光落地的声音

那一夜的雪真大。纷纷扬扬的大雪像是一只被人掐住正在扑棱着翅膀的芦花鸡，一股一股的风夹着白色的羽毛般的雪花扑面而来，一种刻骨的寒意让人感到一阵阵窒息。

亮子再一次走进这家杂货店。在这之前，亮子天天到这家杂货店来，东看看西瞅瞅，惹得那个胖老板娘总是用一种轻蔑的眼神看他，仿佛看一个小偷一样。亮子来这个杂货店之前就已经计划好了，今天无论如何也要堵住父亲的车，还要让那个狐狸精一样缠着父亲的女人变成丑八怪。亮子想着，手就伸进了衣兜，使劲地捏了捏兜里的那个玻璃瓶。那个瓶子里装的浓硫酸还是今天在化学实验课上从实验室偷出来的。

雪似乎一阵比一阵更紧了，亮子仰头看了一眼天空，雪花慢悠悠地落下来,打在脸上冰凉冰凉的。亮子不禁打了一个寒战,再一次捏紧了兜里的瓶子。想着一会儿瓶子里的液体像箭一样射向父亲身边那个狐媚的女人,那一张涂着厚厚的脂粉的脸会在瞬间起着泡沫,然后升起一股青烟,并用发出皮肉烧焦的味道,亮子的心里就会一阵发紧,感觉自己手心有汗在沁出。

一阵犹豫过后,亮子又想到了母亲。母亲那张流着泪水的脸这几天似乎总在亮子的眼前晃动。亮子多么怀念小时候的日子啊,那时候父亲从外面回来总是最先抱起他,用坚硬的胡须扎着他的小脸,然后在暖融融的气息里把他和母亲搂进自己宽阔的怀抱。可是,家的气息似乎随着父亲的公司不断壮大变得越来越淡了,先是父亲回家的次数越来越少,后来干脆十天半月都不回来一次。最可恨的是,上个星期父亲还不知廉耻地把那个女人带回家,公然和母亲进行谈判……亮子觉得,整个世界似乎都要抛弃她们母子,尤其是看到母亲无助的眼神,亮子就恨透了父亲和那个女人。亮子就想,父亲和那个女人纠缠不清,不就是嫌母亲没有她年轻漂亮吗?要是把那个女人变成丑八怪,父亲一定会回来的。

亮子跟踪父亲的车已经好多次了。他亲眼看着父亲开着车,旁边坐着那个妖精一样的女人,进了对面的小区。而这家杂货店无疑是最佳的观察位置,站在店里,对面三楼父亲给那个女人买的房子里,父亲和那个女人的一举一动都看得清清楚楚。

亮子走进杂货店时,就听见那个胖老板娘的声音:"给老娘把东西看好了,少了一针一线我回来扒了你的皮!"说着,恨恨地瞪了亮子一眼,提着包扭着肥硕的屁股急匆匆地出去了。亮子知道,她虽然是故意对着她的盲眼女儿说的,但其实是故意说给他听的。亮子每次来都会看到胖老板娘在训斥那个盲眼女孩。女孩八九岁的样子,每天拖着瘦弱的身子在胖老板娘的呵斥声中摸索着干这干那,比雇来的售货员还认真。

对面的楼上人影晃动,亮子看清楚了,是父亲和那个女人正在收拾东西,看样子他们打算出门。亮子倚着杂货店的玻璃柜台,一边目不转睛地盯着父亲和那个女人的一举一动,一边想着自己的计划。出小区大门向左拐,经过杂货店门口时要减速,那个女人的脸正从开着的车窗露出来……亮子心里想着,仿佛自己正将手里攥着的瓶子里的硫酸泼向那张脸。亮子不禁颤抖了一下,手心里的汗又沁了出来。

"哥哥,你冷吗?"那个盲女孩仰起小脸问亮子。说着,就把柜台里的电暖器提到亮子身边,又拿来一张凳子让亮子坐下来。

"这会儿的雪真大啊,不过很快就会停下来的。哥哥,烤烤手吧。"女孩说。

"是吗? 你怎么知道雪会停下来呢?"亮子问。

"是呀,再冷的冬天也不会永远下雪呀。我看不见天空的颜色,但我可以听啊,天气晴朗的时候我总是能够听到阳光从高处落下的声音。"女孩说。

亮子暂时忘记了紧张,就坐在女孩的身边,和女孩聊了起来。亮子知道,那个又胖又凶的老板娘是女孩的继母,她的母亲扔下她跟人跑了。

远远地看见父亲的车过来了,亮子噌地一下站了起来,跑到杂货店门口。父亲的车转过杂货店门口时,亮子看到了那个女人的脸。车窗果然没有关,那个女人正一边和父亲聊着一边描眉画眼呢。亮子大喝一声,掏出了口袋里的瓶子。亮子看到父亲和那个女人转过头来,正诧异地望着他。亮子颤抖着手拔开了瓶塞,举着瓶子却终于没有泼出去。亮子看着父亲的车在茫茫大雪中缓缓驶了过去。

"妈妈不要我了,爸爸骂我是野种,可我还是他们的女儿,不管怎样我都要爱他们,你说呢,哥哥?"女孩还在说着,一脸的平静和坦然。

亮子听着,眼里的泪水突然滚落了下来。亮子一扬手,手中的玻璃瓶飞了出去,砸在远远的路边,溅起了一阵淡淡的烟雾。走出杂货店的时候,亮子看看自己扔出的瓶子,一点儿一点儿地把碎玻璃拾起来,扔进路边的垃圾箱,然后坐在路边哭了起来。

刚才还是灰蒙蒙的天空,这会儿已经开始放晴,一轮发出淡淡的黄色光芒的太阳正挂在天空,树上的积雪在隐隐约约的阳光中开始融化,扑簌簌地落在地上,真的像是阳光落地的声音。

诗意地活着

漫天的沙尘在头顶浮动,灰蒙蒙的天空中只有那轮白得耀眼的太阳散发出白花花的光芒,脚下炽热的黄沙烫得双脚钻心地疼痛。四周寂静无声,两个迷途者互相搀扶着在沙漠中跋涉。

突然,其中一个人大叫一声瘫坐在地上。原来,他突然想起,在前一天夜晚他们与沙漠狼群对峙的时候,慌乱中他把他们唯一的水袋丢在了沙漠深处。而在此时,焦渴难耐中他才想起自己犯了一个多么大的过错。

"没有了水,我们已经没有了走出沙漠的可能。"其中一个人喃喃地说道。

这句话像一根棍子,重重击打在两个人的心上。看看漫无边际的沙漠,刚才还在顽强支撑着前行的两个人,再也没有了继续行走的力量。没有了水,喉咙像着了火般难受,身体里的水分也正在迅速失去。太阳愈来愈烈,两个人的意识渐渐模糊。

生命最后的幻觉开始出现。朦胧中,第一个人仿佛看到,在无边的黄沙中,他们好不容易突破了狼群的包围,却在愈来愈热的黄沙中受尽干渴,渐渐失去了水分,像两具木乃伊般躺着,最后变成了森森白骨。在最后的意识里,他仿佛看到自己变成一具面目狰狞的骷髅,正被风沙一点儿一点儿地掩埋……于是,在死亡的恐惧中,他大叫一声便失去了知觉。

第二个人的意识里出现的则是另一番景象:他终于走出了这片沙漠,正在焦急等待中的哭泣的妻子远远地迎着他奔跑,欣喜若狂的女儿叫着爸爸扑向他的怀抱……突然间,他从幻觉中惊醒,女儿的喊声似乎还在耳边,周围却依旧是望不到边的黄沙。难道就这样遗尸荒漠吗? 不,他不甘心。他的脑海里不再涌现出干渴、死亡和恐惧,而是充满了与妻女重逢的渴望。

挣扎着,他坐了起来,推推身边的伙伴,却发现伙伴已经气息全无。不就是丢失了一袋水吗? 丢就丢了吧,重要的是不能丢掉与妻女重逢的信念! 想着,这个人似乎感觉体力恢复了许多。他匆匆埋掉同伴的尸体,蹒跚着重新上路了。

三天后,当这个人终于走出了沙漠的时候,没有人能想到是什么力量支撑着他走出了无边的荒漠。

这就是诗意的温暖、诗意的力量——当我们失去了赖以活命的水源时,千万不能失去求生的意志;当我们失去财富的时候,千万不要失去在贫穷中挣扎的勇气;当我们失去幸福的时候,千万不要失去对于快乐的憧憬。不要把希望寄托在失去的东西上,一旦失去了就要将它快速地从意念中删除,让它在过去里埋葬。把我们的梦想托付给明天,我们的脚步就不会止步不前。心怀诗意地活着,每一次身处绝境,都会获得重生。

打开命运的转向灯

午后的阳光懒懒地照在窗台上,教室里寂静万分,只有钢笔在纸上发出沙沙的声音。最后排那个角落里的座位依然是空的,紧张而忙碌的教室里,单单少了他。这是高三后半学期的一堂数学模拟测试,因为没钱交资料费,他又一次被数学老师兼班主任"请"出了课堂。

站在教室门口,数学老师语重心长地说:"高考是人生的分水岭,决定你这一生是穿草鞋还是穿皮鞋,千万要把握好啊。"这样的话语他听过不止一千遍,这样的道理他自然懂得。可是每次学校收补课费、资料费的时候,继母总是拦着父亲不让掏钱,他只好一次次在父亲的呵斥中灰溜溜地回到学校,这样的艰难又有谁能懂得呢?

那时他最大的理想是自己赚钱养活自己,管他以后是穿草鞋还是穿皮鞋呢。于是他就逃到图书馆看书,在课堂上写那些自以为是的文字。他把内心的苦涩诉诸笔端,在长长短短的诗歌、小说中寻找心灵的慰藉。直到有一天,数学老师忍无可忍地把他揪到校长跟前,强烈要求开除他。学校通知家长来领他回去,同为教师的父亲没有露面,因为觉得丢不起这个人。

他孤零零地站在校长办公室门口,看着来来往往的老师和学生怪异的眼神,表面装作一副无所谓的样子,泪水却在心里流淌。直到晚自习的时候,语文老师来了,找到班主任和校长,好说歹说才让他暂时回到教室,条件却是不准参加高考,以免影响全班升学率。

那一晚,他流着泪把自己的经历写成小说,第二天照着杂志上的一则征文启事投了出去。一个月后,他收到了赴北戴河参加全国中学生文学夏令营的通知,一同寄来的还有一张大红喜报和要求学校证明身份的表格。他找班主任,班主任只是淡淡地说:"你现在是在留校察看期间,别弄这些乱七八糟的东西了。"说罢,转身走了。

他怔怔地坐在教室里,直到下午。这时语文老师来了,这个不苟言笑的瘦老头轻轻拍了拍他的肩头说:"孩子,可以把你的作品让我看看吗?"他腾的一下红了脸,抬头便看见了老师期待的目光。他只好惴惴不安地递过他的厚厚几本所谓的"作品",老师微笑着拍拍他的头,又要走了他获奖的相关资料。

第二天,他看见校园的张贴栏里,贴着他获奖的喜报。过了几天,语文老师把他的文章还给了他了,厚厚的几本手写的集子,每篇文章后面都有语文老师写的评语。其中有一段话让他读得泪流满面。语文老师写道:"孩子,原谅我现在才知道你的家庭境遇,却无法帮你改变什么,可见老师是多么不称职。但我要告诉你的是,即使命运把我们逼上绝路,打开你的转向灯,适当转变方向,也许你会发现前面一样是坦途。"

接着他收到了人生第一笔稿费,靠着这笔稿费他如愿参加了夏令营。回来的时候,语文老师已经被调往另一所学校。后来的日子,他不断收到市报寄来的稿费,虽然不多,却总在他即将支撑不下去的时候如期而来，给了他生存的力量，直到毕业。

后来他离开了家乡，虽然与大学无缘，但他一边打工一边自学，终于拿到了一张自考文凭。再回来时，他已经考上了小城的公务员，而且成了小有名气的打工作家。靠着坚韧不拔的精神，他像一列偏离方向的火车，几经挣扎终于又回到了正常轨道。

再次见到语文老师，却是在老师的追悼会上。听一位在市报当编辑的校友说起当年，说是那时候他大学毕业后在报社当编辑，语文老师曾经把一个学生的文章择出了几十篇一一修改复印后寄给他要求帮忙发表，说是这个学生生活十分艰难需要帮助，而只有这样才不会伤害学生的自尊。而且，他还因为执意要留下这个学校准备开除的学生而被调往乡下。

听着校友的话，他的泪水汹涌而出。这个年轻人就是我。这一生我永远感激着那个在黑色相框里微笑着看着这个世界的人，是他用善良为我打开了一盏明亮的转向灯，让我即将驶向绝处的人生找到了前进的方向。

第四辑

黑暗中你会看见什么

一九八二年的蝴蝶手表

月亮从小学校门前的国旗顶上晃悠悠地爬上来的时候,我正低着头悄悄溜进屋里。刚要上床的时候,我爹猛地回过头,狠狠地瞪着我。

我知道大事不好,正要逃跑的时候,爹的一只大手就一把揪住了我的耳朵。我哇哇地哭着,朝对面的房门喊道:"香香姑,快来救我呀!"

果然,香香姑就飞快地跑了过来,一把抱住了我,把爹那火一样的目光挡在了后面。香香姑一边挡开爹的手,一边说:"狗子还小,咋就这么狠劲地打?"

我爹把一块崭新的手表在香香姑的眼前一晃:"你看看,十五块钱买的,就让这个败家子给弄坏了,还是蝴蝶牌的呢。我一个月才二十来块钱工资,能不心疼?"

香香姑看了看那块手表,说:"狗子,咱走吧,姑姑搂你睡。"我高兴地跟着香香姑就往外走,回头看见我爹还在对着那块被我弄得再也不动了的手表吹胡子瞪眼,就吐着舌头拉着香香姑的衣襟跑了。

我爹是村小学的校长,香香姑是学校里的代课教师,两个人教着我们六十多个呆头呆脑的孩子。爹和娘离婚后,我就一直被爹带着住在学校里。而香香姑,就是我娘走之后唯一疼我的人。每次我爹打我时,香香姑就像一只护雏的大鸟一样把我搂在怀里。我会趁着香香姑搂我的时候狠狠地吸着鼻子,闻她身上的雪花膏味道,甚至常常偷偷地想,要是香香姑能够成为我的娘该多好啊。

山村的夜晚静得出奇,夜色下的小校园安静得只有月光落地的声音。我常常看着香香姑在改完作业后,对着昏黄的煤油灯织着毛衣、围巾之类的东西。而西边的厢房里,我爹常常会一个人拉着一把二胡,拉出一些幽幽怨怨的曲调,直到我安静地睡去。

有时候,香香姑会送来一件毛衣,让爹试穿。我爹穿上毛衣后,显得更加高大,脸上的愁容一扫而光。香香姑就笑着说:"挺合身呢,就穿上吧。"说完,转身就走。我连忙拉住香香姑的手说:"不嘛,我不要你走,我要你当我娘呢。"

我爹和香香姑互相看了一眼,又低下了头,脸红得像秋后的柿子一样。然后香香姑飞快地跑回了东屋,砰的一声关上了房门。我爹虎着一张绯红的脸说:"死狗子,再胡说我打你。"嘴上说着,我爹的手第一次没有伸向我的耳朵,却在我头上摸了又摸。

我的愿望终于快要实现了。那天晚上我很早就睡了,半夜里却被一种奇怪的声音惊醒了。我悄悄地睁开眼睛,看见我爹正搂着香香姑,和香香姑嘴巴对嘴巴咂出吱吱的响声。我赶紧拉过被角盖住脑袋,透过缝隙偷偷地看他们。我听见香香姑用低低的声音说:"我现在是你的人了,狗子也不小了,你放心,我会好好待他,像亲生的孩子一样。"

我猛的一下掀开被子大喊:"哦,我又有娘了,狗子有娘了!"吓得我爹呼地一下蹿了起来,伸出巴掌就要打我。香香姑却不怕,一下子搂住我,软绵绵的胸脯贴着我的脸,说:"狗子,喜欢我做你娘不?"我使劲地点着头。

那一个冬天,我幸福极了,因为有香香姑像娘一样疼着我。

春天的时候,我爹买回了那块蝴蝶牌手表。我知道那是爹要送给香香姑的。可是那天香香姑回家去了,赵媒婆却来了。赵媒婆来的时候,带着一个女人。我听见赵媒婆跟我爹说那个女人死了男人,家里是怎样的有钱,娶了她就可以帮我爹把民办教师转为正式教师。我看见我爹一听说可以转正就睁大了眼睛直直地看着赵媒婆那张飞快地一张一合的大嘴,脸上一阵红一阵白的,后来终于低下了头。知道大事不好,我就偷偷地拿走了我爹买的那块手表。走的时候,那个女人从身上掏出一沓钱递给赵媒婆,赵媒婆抽出两张又递给了我爹,对我爹说:"英子的二叔在县教育局当局长呢,只要一结婚,你转正的事准能办下来。"我看见我爹一边点着头,一边拉开抽屉翻找。我知道他是想把送给香香姑的那块手表送给那个女人,就把手表藏在袖子里跑了出来。

躲在墙角里,我翻来覆去地看那块手表,那嘀嗒嘀嗒的声音让我十分生气。我默默地哭着,我恨我爹连香香姑那么好的女人都不要,却答应娶一个胖得满脸堆着横肉的女人来给我当娘。

我使劲地拧开了手表后盖,看着里面一下一下地转动着的小轮子,用一枚钉子轻轻一撬,手表马上停止了工作,我盖好后盖又把它放进了我爹的抽屉。那一晚,香香姑搂着我睡觉的时候,我就告诉了香香姑白天的事。香香姑问:"你爹答应了?"我说是的,还顺便告诉她我爹要送那个女人手表的事。我看见香香姑的脸一下子变得煞白,浑身抽搐着,我知道香香姑一定是哭了。

第二天,我看见香香姑用肿得像灯泡一样的眼睛看着我爹,我爹却慌忙地低下了头。

从此,香香姑再也没有和我爹说一句话。好几次我爹张着嘴巴想跟香香姑说什么,香香姑却跟没看见似的挺着胸脯走了过去。倒是那个女人来找我爹的次数更多了,后来索性就住下来不走了。

香香姑却对我还是像以前一样好，尽管她看都不愿再看我爹一眼。放暑假的那一天，香香姑亲着我的脸说："狗子乖哦，姑姑以后不会再回来了，你要听你爹的话哟。"

我扯着香香姑的衣襟哭喊了起来："不嘛，我不让你走，我爹不要你我要你，长大了我娶你！"说着，我把那块被弄坏了的手表放在香香姑手里，香香姑却把手表放进了我的口袋，拍了拍我的脑袋走了。

后来，我爹终于如愿以偿当上了正式教师。而香香姑，据说远嫁到了山西，跟了一个瘸腿男人，从此再也没有回来过。

我爹退休的那天，我帮他整理东西时翻出了那块手表。那块手表静静地躺在抽屉里，原来银白色的表壳早已锈迹斑斑，表针永远静止在过去的那段时光里，安静得如一段尘封的岁月。

回头，我看见我爹的脸上静静地淌着两行老泪，在布满皱纹的脸上闪烁着晶莹的光芒。

黑暗中你会看见什么

太阳出来了，桃花一夜之间染红了山坡。山涧里的泉水叮叮咚咚地流淌，像一首欢快的曲子轻轻地在耳边回荡着。

慧能师父依旧坐在两条小溪交汇处的山门口，一会儿仰起脸看看天上的太阳，一会儿俯身看看眼前的桃花，一会儿抬头看着远处的山路，偶尔还会眨着两只干瘪的眼睛，一副陶醉的样子。

只有身边的小和尚知道，其实他什么也看不见，因为他的双目早已失明。

可慧能师父每天总是这样，必定要到这里，晒一会儿太阳，到处走走"看看"，然后才回到寺院。慧能师父总说自己好像什么也看不见，其实什么都能看见，因为万事万物皆在心中。

小和尚却不这么认为。一个人没了眼睛能看见什么呢？世界那么大，一个明眼人看到的也不过是目力所及的范围，心再大能装得下整个世界么？

一日，来了两个香客，一人财大气粗，一人穷困潦倒。财大气粗者来问身体疾病，穷困潦倒者来问前程事业。慧能师父让俩人闭了眼睛打坐，一炷香后再到禅房听他解析命理运程。只见师父细细问了二人闭目之际的所思所想，便叫来了富人家属耳语一番，家属面色大变，扶着病人黯然而去。慧能师父随即对穷者拊掌道来：人之一生，非三穷三富不到老也，施主只要坚持，半年后必定事业兴旺，运势不可挡也。穷者顿时一扫来时的颓废之状，千恩万谢走了。小和尚暗自撇嘴，每天见师父故弄玄虚多了，不过是宽慰人心罢了。

然而半年后，慧能师父的预言却实现了。富者不出三月即亡，穷者生意走出困境，事业越做越大，富甲一方。山间小庙的香火也因为灵验，而愈加旺盛起来。

小和尚问起师父何以能知人前途，慧能师父却笑而不语。

小和尚本是香客遗弃在荒山野岭的孩子，从不知道父母是谁，是慧能师父一手养大的。小和尚正是年轻好奇的年纪，偷偷藏匿了香火钱，一心想要到山下的世界看看。

那日挽着师父到山门口，刚刚坐定，师父便让小和尚闭了眼睛，然后问道："你看见了什么？"小和尚答道，一片漆黑，什么也

雨中奔跑

没看到。慧能师父提醒他，闭目之前看到了什么？小和尚答，看见了门前一树桃花，开得正艳。师父摇头说道："我已知你所想，庙里的香火钱归你，下山置了房屋田产，还俗过日子去吧。"

小和尚窃喜，拿了钱财下山去了。

寺里香火依旧旺盛，慧能师父依旧每天"看"风景听泉鸣，只是一天天苍老了。

小和尚是混在一群香客中回到寺庙来的。慧能师父等到天黑香客散尽才伸手握住小和尚的手说："徒儿，你要问为师何事？"小和尚跪倒在地，惊讶地问道："师父你是如何认出我的？"慧能师父说："傻孩子，为师养活你十几年，你身上早有了我的味道啊。"

小和尚伏在地上哭了起来。慧能师父吹灭油灯对小和尚说："现在你看见了什么？"小和尚说："我看见了师父，还有师父身后的众佛。"

慧能师父摇摇头说："徒儿，现在不但为师保护不了你了，佛也没法保佑你，自己的罪孽还要自己来偿还啊。当日为师明知你心中只有山下的繁华世界，却不阻挡你，任由你在山下的世界里迷失了自己，那是为师的罪过啊。"

小和尚便想起往日，富者闭上眼睛看见的是死神的召唤，贫穷者看见的却是失败后的奋斗，难怪师父能一语中的，而自己却无法参透。师傅没有眼睛却能够"看见"山上的一草一木，自己虽耳聪目明却只看见了最引人的桃花。看来，自己真是错了。

小和尚当年下山后，并没有按照师父说的购置田产过日子，而是到了城里，先是享受人间繁华，花光了所有积蓄后被骗入黑道，参与抢劫出了人命。这次上山，就是想让师父再次收留自己，使自己躲避官兵的追捕。可是，一切虽未说出师父却都已知晓。

师徒二人静坐在黑暗之中，好久小和尚才听师父说道："徒儿，为师先行替你赎罪去了。"待小和尚起身点起油灯去看师父时，慧能师父已经圆寂了。

小和尚诵经七七四十九日，超度了师父，便下山自首去了。走的时候，他一脸坦然，闭上眼睛，古寺、青山、一草一木早已了然于心。他终于达到了师父的境界，可是一切已经晚了。一座香火旺盛的庙宇从此没落。

医　心

街上喧闹声传来时，王仁甫正在医心堂和白忠孝对坐品茗。

听着外面日本兵叽里咕噜的叫喊声和皮靴重重敲击青石板街道的声音，白忠孝的手一阵颤抖，绿莹莹的茶汤淋湿了面前摊开的医书。白忠孝长叹一声："这群蛮夷又在抢掠了，这日子啥时才是个头呢？"

王仁甫侧了身子仔细听了听，依旧低头无语。

二更天时，急促的拍门声响起，王仁甫轻轻拉开门，闪进两个人影，一个受伤者被另一个人拖了进来。王仁甫扶伤者躺下，端起油灯仔细查看，只见受伤者腿上已被鲜血浸透，一条腿几乎被子弹穿成蓑衣，几处白森森的骨茬明晃晃地露了出来。

白忠孝拉过王仁甫，悄悄地伏在耳边说："师兄，怕是青龙山游击队的吧，日本人追究起来，咱俩可就没命了。"

王仁甫看了师弟一眼说："伤者必救，这是师父的规矩，你不记得了？"白忠孝就嗫嚅着退到一边，心惊胆战地听听窗外的动静，不再说话了。

王仁甫先是取下墙上的皮囊，捻起一枚银针，在麻油灯上燎过，然后扎进伤者的穴位。片刻，汩汩流血的伤口便止住了血。王仁甫伸出一只手一点儿一点儿地捏着，把碎裂的骨头复位，再敷上草药，然后揩掉头上的细汗，牵出后院的骡子，套上车扶伤者躺了上去，目送两人在黑暗中离去。

翌日，门外飘起了膏药旗，日本兵长驱直入，把医心堂翻了个底朝天，然后抓走了一旁瑟瑟发抖的白忠孝。

不几日，人们便看到白忠孝点头哈腰地围着日本鬼子大队长宫本一郎转来转去，才知道白忠孝医好了宫本的头痛病，成了日本人的军医。

白忠孝带着宫本走进医心堂的时候，王仁甫正捻着他的宝贝银针，一枚一枚地仔细看着。宫本一郎进门就喝退了身边的随从，双手抱拳说："久闻王先生神针大名，今日总算有幸目睹了。"王仁甫随意一笑，点点头，算是打招呼了。

宫本也不客气，单刀直入地说："听贵师弟白先生说，令师曾传针灸秘术于你，可否让在下看看？"

王仁甫正色道："中华医术博大精深，乃我民族之瑰宝，岂容异族觊觎？先生死了这条心吧！"

宫本也不恼，笑笑说："贵国气数已尽，冥顽不化是没有好下场的，劝仁甫君学学令师弟吧，识时务者为俊杰。"王仁甫拱了拱手，算是送客。宫本一郎沉下脸来说："仁甫君再好好想想吧。"说完，带着手下走了。

过了几日，白忠孝独自一人来了，劝王仁甫投靠日本人。白忠孝告诉王仁甫，宫本怀疑青龙山游击队长刘一飞当日受伤是他救的，就这一条就足以杀了王仁甫全家。白忠孝还说，宫本有头痛病,一高兴或是一发怒就头痛得满地打滚,要不是念在王仁甫的神针可以救他,早就抓王仁甫进日本人的大牢了。

王仁甫笑了笑说:"咱俩师出同门,你就可以治他,而且可以凭着手艺尽享日本人的荣华呀。"

白忠孝拉着王仁甫的手说:"师兄你明知我的针灸术不如你,我只能治得了宫本一时呀。"

王仁甫拍拍白忠孝的手说:"好吧,你坐下,我把师父的针灸术教给你,你就可以治好宫本一郎的病了。"

白忠孝坐在椅子上,王仁甫捻起一排银针,悉数刺在白忠孝头上,片刻后取下,对白忠孝说:"这神针之妙就在于针的深浅不一,深一毫则当场毙命,浅一毫则治不了根本,师弟切记啊。"

七日后,宫本头痛病再犯,白忠孝依着师兄传授之术,将银针一一刺入宫本的胖脑袋,片刻间宫本只觉得神清气爽,而扎完针后白忠孝却颓然倒地,再无气息。宫本哈哈大笑,心说这小子真是胆小,知道治好我的病后我就会杀掉他,自己先吓死了,有意思。宫本挥挥手,让手下将白忠孝拖到荒野弃尸。自此,宫本的头痛病也不再犯了。再去医心堂时,却见人去楼空,王仁甫已连夜不见了踪影。

白忠孝被扔在荒野,被青龙山游击队发现竟是当日救过队长的先生的师弟,就抬上了山准备找个地方掩埋,岂料一锹土下去,白忠孝却长出了一口气醒了过来。活过来的白忠孝不敢说自己帮过日本人,就留在了游击队给伤员治病。

几个月后,宫本一郎指挥手下围攻青龙山,游击队已经弹尽粮绝,眼看着青龙山就要被攻下。宫本手舞军刀大笑,正指挥着日本兵做最后冲锋的时候,突然觉得头皮一麻,头痛病又犯了。宫本丢了军刀,捂着脑袋直挺挺地倒下去,一蹬腿死了。游击队乘机反攻,全歼了日本鬼子。游击队员不解,没人击中宫本,宫本却自己死了,只有白忠孝不语,他心里比谁都清楚。

医心堂再次开张的时候,日本人已经投降。王仁甫端坐在弥漫着草药味的大堂里,白忠孝也进来了。白忠孝进门就跪在王仁甫面前说:"师兄,我没能遵从师父教诲,帮了日本人,害了别人也差点儿害了自己呀,要不是师兄扎我几针,恐怕我已是罪人了。"见王仁甫不语,白忠孝又说:"你扎我我再扎宫本,一样的针法,咋就治死了宫本呢?"

王仁甫哈哈一笑说:"宫本病在身上,一针刺进神经止住疼痛,再一针刺出脑血管微疵,欣喜若狂自会出血而死;而你身虽无病却病在心神,一针刺你灵魂出窍,再一针刺你回归正道,是为医心啊。"

白忠孝跪地不起,王仁甫双手搀起白忠孝说:"心已归正,就忘记过去,我教你师父的神针绝技吧。"

自此,医心堂名震省内外。新中国成立后,王仁甫和白忠孝被双双聘为省医学院教授。

抢　劫

有气无力地坐在天桥下,看着面前空荡荡的破碗,我的心慌得跟天上的老太阳一样苍白。自从娘去世后,我一下子变得无依无靠了,家里除了两间破房子,什么都没有。可我总得活下去呀,我就听了在城里摆卦摊的三娃的话,一个人到城里来讨生活了。

三娃说:"城里真是好地方啊,要饭也会发大财的。你看我啊,混得不错吧?"我看了看三娃,真的,才几年工夫,三娃混得跟城里人一样,咋看都不像前两年在村子里整天瞎转悠的三娃。不就是摆了个卦摊么?在村子里,三娃要是给人算命,绝对没人会信他的。我看得眼馋,一气之下来到了省城。连三娃都能在县城发财,我在省城发财不是更容易么?

可是我想错了。在这座天桥下,尽管我专门带了双拐,把那只假腿放在一边,一边晃悠着空荡荡的裤管,一边朝着每一个路过的人鞠躬,但还是收效甚微。城里人一见我这样子,连看都不看一眼,有的还要回过头来啐我一口,弄得我十分恼火。我发现城里人不缺钱,但缺乏同情心,这和我们乡下不一样。在乡下,我随时都能要到饭吃,可这是城里。更让我恼火的是,我每天讨的钱只够买几个馒头,剩下的几个硬币还总是被那几个同是乞丐的半大小子一抢而空。白天他们把双腿绑在背上,屁股下垫着半个篮球或者小板车一挪一挪地去讨钱,晚上却跑到桥洞下来欺负我。

既然这样,我只好改行。我的灵感来自那天我在广场的大屏幕上看到的一则电视新闻。新闻上说,一个劫匪在长途客车上抢劫,还当众侮辱了一个姑娘,一车人眼睁睁地看着气都不敢吭一声。看着看着我就笑了,这些城里人胆子真小,连我们乡下的老鼠都不如。我当场就来了灵感,我要干一份来钱快还不受人欺负的工作,发了财扬眉吐气地回去,看在村子里谁还敢叫我二瘸子。

我在垃圾桶里捡到了一支玩具手枪。这玩意儿还真好使,跟真的一样,一抠扳机还吧嗒吧嗒响,绝对比小时候我爹削的木头枪好使多了。那晚我在一处草坪上,转过一丛灌木,看见一对男女正在暗处卿卿我我。我掏出捡来的长筒袜套在头上,往俩人面

187

雨中奔跑

前一站,就看见那男的撇下了女的想跑,我刚压低声音说"别跑,老子有枪",那男的就扑通一声跪在我面前,磕起头来跟捣蒜一样。第一次我很快就得手了。

从此,这种生意我一干就是三年。白天我挂了双拐四处转悠,晚上我专拣行人稀少灯光昏暗的路段等候"财神爷"给我送钱来。我在省城的日子过得十分滋润,我干这行得心应手,我不怕警察抓我,我相信就算打死也没人会相信一个瘸子是抢劫犯。白天没事了我还经常拿那些戴大盖帽的警察解闷呢。我挂了双拐来到警察的岗亭前,看着警察说:"同志哥呀,你看俺这腿,俺想回家,可过不了这马路啊。"那个高个子警察被我看得不好意思了就背起我将我送到了马路对面,我在他背上还直乐呵呢。

我也不怕当官的,那一回我就劫了个局长。那天我来到桥洞下,只有一辆小轿车停在暗处,一看这车我就知道这家伙肯定是个当官的。我蹑手蹑脚地来到跟前,仔细一听,车里有个嗲声嗲气的女人在说:"王局别急嘛,你给妹子解决了处长的位子,人家以后不就是你的啦,你啥时想要都行。"接着一个男人用肉麻的声音说:"宝贝,你让哥亲热亲热,过几天就开局务会研究处长的事。"接着就是急促的喘息声,再接着整个车都晃得厉害,敢情这对狗男女在做见不得人的事儿啊。我的血一下子冲到了头顶,浑身燥热起来。我使劲地敲着车门吼道:"滚下来!"两个衣衫不整的狗男女就连滚带爬地跪在了我面前。我望着两个抖得跟筛糠似的家伙说:"你们的对话我都录下来了,明天咱到纪委说去。"那个王局长连忙朝前爬了几步,抱着我的腿说:"兄弟,有话好说嘛,你要多少钱都行。"就这样,我随时都可以让这位局长大人给我送钱来花,要不是这狗官早早进了监狱,我还真想让他养我一辈子呢。

我吃亏就吃在一时糊涂犯了太贪的大忌。我想我这几年也算发了点儿小财，就想着再干一笔大的，然后回家娶个媳妇过日子，结果自己坏了自己的规矩。那天我来到那家我提前踩好点的银行，刚掏出家伙，大厅里面就乱成一团。我用枪指着那些客户让他们蹲到墙角里去，再指着两个保安，轻而易举地缴了他们手里的警棍。然后我扔进一个编织袋，命令里面早就吓得花容失色的女柜员给我装钱。没想到在提着满满一袋子钱往门口退的时候，那个蹲在门背后的看起来有六十多岁的老保安使劲拽住了我手里的袋子。

我说快松手，要不我开枪了！谁知那个老保安还是不放。我对准他的脑袋吧嗒就是一枪，这才想起自己拿的是玩具枪。老保安一看枪没响，不但拽得更紧了，还拉响了警报器。我一急，抬起右腿就是一脚踹向他，结果我的腿呼啦一下子飞到了门口。老保安轻轻一推，我就像一截木头一样砸在地上。那个年轻保安一看，赶紧扑上来按住了我。

也是活该我倒霉，我是精明的抢劫高手，咋就忘了自己是瘸子、右腿安的是假肢呢？难怪我连警察和当官的都不怕，却栽在了一个六十多岁的老头子手里啊。干这一票之前，我咋就不知道找三娃算上一卦呢？唉！

天　泪

火辣辣的太阳低低地悬在头顶，像一块烧得通红的木炭，正发射出热辣辣的光芒。几个月来，整个孝义大地一直笼罩在一片炽热之中。

一身农夫装扮的孝义同知侯鸣珂此刻正混迹在一群山民之中,他们正用肩挑手提的原始方式,一桶一桶地把乾佑河的水运往干涸的土地,以暂时缓解这百年不遇的大旱。

"大人!"田埂上有人快步而来。抬头,原来是厅衙的差役,一边在人群里寻找着,一边喊着。浇完一桶水,侯鸣珂向来人问道:"不和百姓一起抗旱,在这里喊叫什么?"

来人显然是被侯鸣珂威严的口气震住了,怔了片刻才说:"夫人……她……又……晕倒了……"

侯鸣珂擦了一把满头的汗水,一边咕哝了一句"女人真是多事",一边吩咐身边的厅衙大小官员组织好抗旱群众,然后跟着差役快步回去了。

后衙同样是着了火似的燥热。侯鸣珂急匆匆地走到床前时,丫鬟小翠已经掐着人中叫醒了夫人。望着夫人苍白得没有一丝血色的脸庞,侯鸣珂心中愧疚万分。自打从湖南老家来这穷山恶水之地就任同知以来,夫人跟着他吃尽了苦头。如今,孝义厅正逢百年不遇的大旱,已经一个多月没有下雨了,山野沟壑之间一片焦黄。这九山半水半分田之地,无水浇田,他这个同知唯一能做到的就是一边向朝廷告急,一边游说大户人家开仓放粮、筹资抗旱,另一面率厅府上下和百姓一起担水浇田,似乎别无他法了。

夫人杨翠兰睁开双眼的时候,正看到侯鸣珂焦急的眼神。杨翠兰挣扎着要坐起来,侯鸣珂连忙摆手,扶住她的肩膀,示意她躺下。

"鸣珂……"杨翠兰看着面呈菜色的侯鸣珂,欲语泪却先流了下来。侯鸣珂的手拂过夫人的脸庞,所有的积蓄连同这几个月的俸禄都已捐作抗旱之用了,他内疚的是夫人已经一个多月仅以薄粥为食,全家上下已经许久未闻到一丝油味,而原本贫血的夫人,自旱情发生以来,已经晕倒多次了。

正凝视间,侯鸣珂忽然闻到了一丝香味,原来丫鬟小翠已经熬好了粥,正端着碗来到床前。小翠正要扶起夫人,夫人却将粥碗推向了侯鸣珂。侯鸣珂正要推让,却见粥上漂浮了一层薄薄的油花,顿时明白了先前闻到的香味从何而来。

"这……油是从何而来?"侯鸣珂目光炯炯,直逼小翠。

"我……"小翠望着侯鸣珂,颤抖着不敢言语。

"说不清来源,这粥谁也不许喝!"侯鸣珂端起粥碗,重重地放在桌子上。

杨翠兰抬起泪眼,望着侯鸣珂,哽咽着,最后索性哭出了声来,却不得不如实道来。原来,夫人杨翠兰背着侯鸣珂接纳了孝义首富张百万送来的十斤猪油。

"孝义百里,焦黄遍野,生灵涂炭,你却背着我收受贿赂,天理何在?"侯鸣珂瞬间变得怒不可遏。

"你自己看看吧!"侯鸣珂推开窗户,窗外依然是白花花一片阳光,寂静得连一声蝉鸣都没有。

杨翠兰挣扎着下床,跪在侯鸣珂面前,呜咽着说:"奴家知错了,甘愿接受老爷惩罚。"

"此等作奸犯科之事,岂是一句知错就能免除罪责?"侯鸣珂指着杨翠兰道,"速将粥装桶送往田间犒劳抗旱百姓,将杨翠兰带上厅衙,依大清律法,杖责四十!"

"老爷!"丫鬟小翠一下子扑到了杨翠兰身上,"饶了夫人吧,夫人原本病体虚弱,如何经受得了四十刑杖啊!"

"拉下去!"侯鸣珂一边看着衙役架着杨翠兰,一边换着官袍,眼里却泛起了一片潮湿。

坐在厅衙大堂里,侯鸣珂看着衙役的棍子高高举起,却轻轻落在夫人身上,更加怒不可遏。侯鸣珂一把接过刑杖,重重地打在杨翠兰身上,看着杨翠兰痛得满脸泪水,内心却像锥子刺着一般痛。

"老爷!"大堂上衙役、丫鬟全部跪倒在地,齐声替夫人求情。侯鸣珂举着刑杖的手颤抖了一下,还是将刑杖重重地打了下去。四十刑杖打完,夫人早已晕厥过去。侯鸣珂一边看着丫鬟小翠搀着夫人回房,一边吩咐衙役取来祖传的一只笔洗送往当铺以偿还张百万的猪油钱。

走出厅衙,刚才还是万里无云的天空,此时一阵风过,霎时暗了下来。侯鸣珂快步走向田间,雨就落了下来。一时间孝义厅城人声鼎沸,百姓欢呼,几个月的干旱即将得到缓解。雨越下越大,不急不缓地滋润着孝义大地。侯鸣珂抬起头来,仰望着天空,任雨水凉凉地落在脸上,两行泪水混着雨水顺着胡须落在了大地上。

逃

七年了,玄空总算逃出了那场噩梦。虽然,那些过往总像电影一样在无数个独对青灯的无眠之夜从他脑海里一幕幕地跃出,但那毕竟是曾经,如今在这样一座深山古寺里,谁又能想到那一年小城最大的贪污腐败案会和他这个出家人有关呢?

七年前,小城里到处贴满通缉令的时候,玄空正仓皇奔走在逃亡的路上。那时候玄空还不叫玄空,叫胡阿宝,是小城里赫赫有名的人物,县国土局局长。那时的胡阿宝正是前途无量风光无限的时候,可惜仕途的大好前程却断送在一个女人手里。胡阿宝至今无法忘记那是怎样的一个夜晚,那一夜发生的事让他从一个手握重权的局长变成了一个卷走几千万巨款的贪污犯和一个身负一条人命的杀人犯。

认识小娟是个偶然。那晚和往常一样,忙完应酬的胡阿宝乘车回家,突然一个身材修长的姑娘从斜刺里冲了过来,司机骂了一声急忙刹车,可是来不及了,姑娘一下子倒在了车前。胡阿宝只当是遇见了吸毒者,小城经常有吸毒者趁着夜色讹人。胡阿宝撇了撇嘴,示意司机掏出几张钞票递了过去,谁知被车挂到的姑娘却自己爬了起来,伸手挡开了司机递过来的钞票。

"大哥,是我急着要赶路没看清才挡了你的道,你这样也太小看人了吧?"姑娘气咻咻地走到车前,眼神轻蔑地看着胡阿宝。胡阿宝缓缓摇下车窗,首先看到的是一双洁白如瓷的腿,那腿上蹭破了一块皮,渗出的几缕血丝像白色瓷器上盛开的几朵梅花,给这双玉腿更增添了几分魅力。慢慢地抬起头,姑娘妙曼的身材就一览无余地展现在胡阿宝的眼前。胡阿宝连忙下车,执意要送姑娘去医院,姑娘却坚决拒绝了。得知姑娘是晚上出来做兼职的大学生,胡阿宝让司机把她送到了学校门口,留了姑娘的手机号就回家了。

整整一夜,胡阿宝满脑子都是姑娘的影子。局长胡阿宝见过的美女无数,可是这个姑娘却让他念念不忘,她长得太像他的初恋情人了。第二天,胡阿宝亲自驾车买了营养品来看她,从此他们就熟悉了,再后来就成了情人关系。这个姑娘就是小娟。

本来,一个当官的有一两个情人也不是什么大不了的事情,但是该发生的还是发生了。那是他们交往了半年之后,胡阿宝发现小娟并不是一个单纯的女子,总是在有意无意地掺和着他拍卖地皮的事儿。城南改造工程招标前一天,收到了小城最大的地产商王三娃的彩信,他才知道这是怎么一回事。彩信只有几个字:局长大人,小娟伺候得还舒心吧?附带的图片却让他如坐针毡,那是他和小娟在床上销魂的镜头。胡阿宝一下子惊出了一身冷汗,随着小娟越来越多地干涉他的权力,他终于下定了决心要除掉她。

那是一个平常得跟平日没有任何两样的夜晚,他在小娟的红酒里放了安眠药,然后用一根细绳把她勒死在床上。从此,胡阿宝从小城消失了,一同消失的还有拍卖土地所得的四千万巨款。

他逃到过很多地方,也曾想逃到国外,可是因为事前准备不充分没能走成。他化装成乞丐,甚至装过疯子,终于暂时逃过了追捕。后来,他逃到了远在千里之外的深山里的静泉古寺,隐匿在这里当了一名和尚。那一年庙会上,突然发生了火灾,他第一个冲进去奋力救火,救出被困在大殿里的几十个善男信女之后,他却被大火烧得面目全非,若不是抢救及时,可能早就去了极乐世界。就是因为这次救火的英勇行为,静泉古寺重建的时候,他被当地的宗教管理部门任命为静泉寺住持。自此,这个世界上再也没有了胡阿宝这个人,他已成为众僧敬仰的玄空大师。

成为住持的玄空大师已经习惯了这样的日子,每天被僧众拥戴的滋味,比当局长的感觉差不了多少,只是每每夜深人静回到禅房的时候偶尔会想起曾经,但那似乎已经成了别人的事情,与他这个三界之外的僧人无关。

那一天,玄空大师受邀讲经回来,经过大殿时突然怔住了。原来,他看到那个正跪在佛前祈祷的老妇人,竟然是他的娘!他不知道年逾八十的娘怎么到了这里,但从娘断断续续的祈祷声里,他得知,在自己逃亡的这七年里,笃信佛教的娘从来就没有停息过,一直在遍访名山大寺,在佛前替他悔过。他的眼泪无声无息地流了下来,他扑过去想扶娘起来,可娘只看了他一眼,继续俯下身子给佛磕头。他知道,经历了那场他为了毁容而偷偷放的大火,就算是生养自己的亲娘也无法认出自己了,可是就算逃出了红尘也逃不出自己的罪孽,而自己所犯下的罪孽却要风烛残年的娘来偿还。

几乎是在一瞬间,他就做出了决定。那个晚上,他在夜深人静的时候,挖出了埋在后院菩提树下的密码箱,那些钱,他既不敢花掉也不敢存在银行,只好埋在地下。他给寺院的众僧留下一封信说是辞去住持职务,要去了却一段尘缘,就赶回了家乡小城。回到家里才知道父亲因为他的事突发脑溢血故去,妻子早已改嫁,家里只有八十岁的老娘仍在为他偿还昔日的罪过。他抱着母亲哭了一整夜,天不亮就带着赃款去自首了。

行刑前的那一刻,他突然感觉到无比轻松。遁入佛门多年,他终于明白了,原来只有母亲才是护佑自己的佛啊。一瞬间,他似乎感觉到眼前光芒四射,佛光中母亲正微笑着注视着自己。行刑的注射器缓缓地扎进了他的血管,他在心里说,娘啊,我先一步在极乐世界等你,来世我还要做你的儿子,来偿还我今世的不孝。然后,他慢慢地闭上了眼睛。

馒头，馒头

火辣辣的太阳从脚手架的缝隙里落下来，像一排排锋利的箭，齐刷刷地射在脊背上，空气中顿时弥漫着带着铁锈味的疼痛。

我蔫头耷脑地推着满满一架子车的砖头朝着吊塔的方向走去。"少磨蹭，给老子麻利点儿！"忽然，斜刺里一只乌黑发亮的皮鞋踢了过来，我急忙停住，谁知瘦小的身体扛不住车子的惯性，只听见刺啦一声，那只没来得及收回来的裤腿便被剐出了一道细口子。抬头，我就看见那个平时总腆着肚子跟在老板身后点头哈腰的工长气势汹汹地站在我面前。平时我们叫他王工，私下里叫他"白眼狼"，这会儿这匹狼正像逮着猎物一样盯着我。

啪的一声，一个耳光响亮地扇在我的脸上，紧接着，我尝到了自己喷薄而出的鼻血的味道。"听到没有，你必须赔老子的衣服！"到那匹狼的号叫声，像雷一样撞击着我的耳膜。我强压住内心的怒气，眼睛直直地瞪着面前这个家伙。

"看什么看，没钱赔就从这个月工资里扣。"说完，我的脸上又挨了两耳光。我在头顶晃动的小星星中扶着车把，才使自己站稳了脚跟，然后看着那个肥硕的身体一摇一晃地走远。我强忍着泪水，在心里对自己说，王小毛，你是十七岁的男子汉了，此仇不报你就白来世上走一遭！

我到工头那里打了借条，预支了八百元钱交到王工手里，然后去工棚拿了碗筷打饭。我以为赔了衣服王工就不会再找我的碴儿了,谁知王工和工地上做饭的胖女人嘀咕了几句,那个女人瞅了我一眼,就把一勺滚烫的白菜汤浇在我的手上。我下意识地甩了一下手,两个雪白的馒头就掉在地上了。身后的王工伸出他那贼亮的皮鞋,一脚踩上去,然后喊道:"你小子不饿是不是,这么好的馒头都扔了?"

还没等我回答,王工捡起那两个印着鞋印的馒头,揪着我的衣领说:"给我吃了,谁让你糟蹋粮食的?"

我一动不动地站着,两只拳头攥得紧紧的,心里燃烧着熊熊的火焰。我恨不得上去一拳打烂他那满是横肉的猪脸。

身后,等着打饭的工友们一起为我求情,王工总算放开了我,然后说:"不吃是吧?"边说边拿着那两个馒头,朝工地门口的一个讨饭老头走去,把馒头扔进老头儿面前的破碗里。随后就吆喝大家上工。

整整一个下午,我一边忍受着强烈的饥饿,一边埋头推车,一边在心里思谋着怎样报复这个白眼狼。

晚上,我悄悄地跟踪王工,远远地看着他从不远的夜总会里醉醺醺地出来,一路摇晃着朝工地走来。我躲在工地大门背后的阴暗处,紧紧地攥着手里的瓦刀,计划等那个肥胖的脑袋晃过来,就狠狠地给他一瓦刀,让那个胖脑袋开花。

眼看着胖脑袋越来越近了,我攥着瓦刀的手沁出了湿漉漉的汗水。就在我扬起瓦刀,正准备砍向那个胖脑袋的时候,只听见噗噗两声,有什么东西打在那个胖脑袋上。也许是在工地上欺负民工的事儿干多了,王工心虚地捂着脑袋大声问道:"谁?出来!"见没人应声,王工抱着脑袋飞也似的逃窜而去。

我恼怒地回头,却见那个讨饭老头儿,正在我身后吃吃地笑着。老头仰起脸看了我一眼,然后走过去捡起刚才扔出去的东西，我看到正是中午被扔在他碗里的两个被踩脏了的馒头。

我正要责怪老头儿，谁知老头儿看也不看我一眼，把两个脏馒头往袖子上擦了擦，一边大嚼着一边哼着自编的秦腔："想当年我韩信也曾受胯下之辱，谁料想现如今也能够统领三军……"唱着唱着，径直走了。

从此，工地门口不见了那个讨饭的老头儿。我在一夜的思考中终于明白了许多道理，也一下子长大了。我一边忍受着工地上的辛苦劳累，一边拼命地读我的自考书，我要用努力来改变自己的命运。三年后，我拿到了大学文凭。再后来我离开了工地，有了一份体面的工作。

每每绝望的时候，我的眼前总会闪现出那两个馒头，雪白的馒头上赫然印着乌黑的脚印，它们逼迫着我忍受一切苦难，努力活下去。

这一生，我永远感激那两个馒头。

土豆花开

土豆最爱吃的是土豆，是那种绿油油地长在老家的肥沃的土壤里、白生生的、每到夏天就会开出一串串淡紫色或者白色小花的土豆。

当年土豆就是因为一株土豆才发誓要出人头地的。那一年，十八岁正上高中的土豆因为家里实在拿不出钱，连学校食堂里最便宜的凉拌土豆丝都买不起，便赌气回了家。从县城一路徒步走回四十多公里外的老家的村庄时,饿得连说话都没了力气的土豆随手扒了路边地里的一窝正开着紫色小花的土豆,急急忙忙扔进家里的灶膛里,用红红的火灰埋了,连娘的问话都没顾得上答应就吸溜着鼻子闻着从灶膛里散发出来的烧土豆的香味。娘只好摇摇头,不再说什么。

谁知刚刚烧好土豆,村里的王老歪就追了进来。土豆正把烧好的土豆刨出来放在灶前的地上,王老歪就指着地上的土豆骂开了土豆:"喂熟了的畜生见了青苗也不随便糟蹋呢,你还是高中生呢,不知道这个季节土豆还没长足?"

说着,王老歪抬起大脚板,一脚一个,把地上烧熟了的土豆踩成一摊摊稀泥。末了,还觉得不解气,一把抓起地上的土豆泥,狠狠地抹了土豆一脸,才骂骂咧咧地走了。

正在锅台后忙活的土豆娘气得呜呜地哭了起来。抽着旱烟怔怔地看了半晌的土豆爹也不问土豆为什么逃学回来,磕了磕烟袋锅对土豆说:"都看见了吧,不好好念书,将来就跟乡下的土豆一样,让人烧熟了当瓜踩吧。"

土豆就含着泪,背着娘蒸熟了的一兜土豆连夜赶回了学校。从此,土豆像换了一个人似的拼命读书。每每弹尽粮绝实在不想再读下去的时候,土豆的眼前就会浮现出那年夏天灶膛前的地上那一摊摊被踩成稀泥的土豆。那黏糊糊的土豆泥,牢牢地黏在土豆的脑海里,激励着土豆好好读书。土豆终于没有辜负爹的一片苦心,成了村里第一个到北京上大学的大学生。

大学毕业的土豆,顺利地在城里的政府机关找到了工作,有了妻子,有了女儿。爹知道土豆喜欢吃土豆,每次来看儿子总是扛着大袋的土豆。土豆看着爹带来的土豆,高兴极了,急忙像拣宝贝似的拣出一堆,高高兴兴地忙着刮皮,吩咐妻子煎炒炖炸,做了一桌子"土豆宴",惹得从小就生长在城里的妻子女儿高高地噘着嘴巴,边看着土豆狼吞虎咽,边骂土豆是乡下来的土豆。土豆也不争辩,只是嘿嘿地一笑,一点儿也不恼。

没过几年,土豆当了科长,再后来土豆当了局长。官越做越大的土豆似乎也越来越对土豆不感兴趣了,每每爹来时,总见上次带来的土豆还在厨房的角落里放着,似乎袋子都没有拆过。爹就摇摇头,叹口气走了。

后来有一天,爹挖了新鲜的紫皮土豆,想起小时候土豆最爱的就是这种紫皮土豆,就扛了一大袋子土豆送了过来。爹刚进门,就见客厅里坐了几个老板模样的人。他们看到土豆爹扛着袋子进来,帮着把土豆从土豆爹肩上放了下来,然后塞给土豆一个厚厚的信封,打着哈哈走了。

妻子一边给爹拿拖鞋一边说:"爹啊,别再给我们拿土豆了,连放都没地方放了。"正在电脑前玩游戏的女儿也回头说:"爷爷,我爸都当局长了,谁还稀罕土豆啊,我们家早就没人吃土豆了!"

爹摇摇头,回头看儿子。土豆却说:"爹呀,别再种土豆了,你也老了,过来跟儿子住,该享几年清福了。你不知道,你拿来的那些土豆,早就被她们娘儿俩扔了,现在生活好了,谁还吃土豆呢?"

爹就生气了。爹一生气就不顾儿子媳妇的阻拦,扛起那袋土豆就下楼,扔进楼下的垃圾箱里,然后狠狠地甩开儿子的手,头也不回地走了。临走前,爹愤愤地说:"豆呀,你变了,你已经不是当年那个老实憨厚的土豆了,千万记着做人不能忘本啊。"

爹的话让土豆怔住了老半天。怔了半晌的土豆就想,如今的社会,哪是在乡下种了一辈子土豆的爹想象的那样呢?过后,每当有人拿着厚厚的信封来找土豆时,爹的话就一次次在耳边响起,可是土豆还是稍稍迟疑就接了过来。

土豆最终还是犯事了。土豆被关进看守所的时候,爹来看他了。爹背了满满一兜蒸得暄腾腾的土豆,抖索着满是老茧的双手剥了一只大大的土豆递给土豆。看着土豆狼吞虎咽地嚼着土豆,爹说:"豆啊,你别记恨爹,那些举报信是我写的,爹是怕你到后来连土豆也吃不到了啊。"

爹说着,眼泪就流了下来。长长地叹了口气,爹又笑了。爹说:"豆啊,不管到哪里,土豆依然是土豆,离了土就会烂成稀泥的。不管你在这里面待多长时间,爹都会给你种土豆。"

土豆就哭了,把嘴里的土豆嚼出了一股咸咸的味道。透过铁窗,土豆似乎看到了远处的土豆地,绿油油的土豆正在泪光中开出了一片淡淡的紫色,轻轻地在微风中摇曳着小小的花朵。

心灵的救赎

下午四点的阳光从窗口斜斜地照进来,我回头看了一眼教室,尽管午后的闷热让人烦躁,但教室里依然如平日一样安静,学生们有的低头沉思,有的奋笔疾书。已经是高二下学期了,我相信这些孩子已经懂得了怎样去实现他们的梦想。

我转过身继续在黑板上写着,突然就感觉出了异样。我假装继续写字,一边用眼角的余光瞄着教室的每一个角落。果然,我又看见了那个叫肖铁的男生,正假装在书桌里找东西,一边把手上的什么东西藏进课桌深处。

我一边示意肖铁站起来，一边踩着地上斑斑驳驳的阳光走到肖铁面前。我看见，这个让所有老师头痛的男孩，挂着一副满不在乎的表情的脸突然红了一下。

我一边看着肖铁，一边想着怎么对付这个顽劣的家伙。从我到这所学校来实习，接手这个班的语文课开始，我听到的关于这个班的事儿，最多的就是关于肖铁的，没有任何一个老师说肖铁有任何优点，我的耳朵里充斥着关于他的种种劣迹。逃课、打架、早恋、酗酒、抽烟，似乎所有差生的恶劣行径，在他身上得到了无限放大。甚至我还听说，就在几个星期前，这个可恶的家伙，还因为用望远镜偷窥女生宿舍被当场抓住，如果不是因为他那有钱的父亲正在为学校捐建图书馆，这个孩子可能早就被学校开除了。我还听说，肖铁的父亲是一个由建筑工地的农民工奋斗起来的建筑公司的老总，因为自己读书太少才愿意为学校捐建图书馆，而肖铁因为父亲抛弃了肖铁的母亲和他格格不入。常常听老师们说，每每肖铁在学校犯了事，他的父亲总是开车赶到学校狠狠地揍一顿自己的儿子，赔了钱后扬长而去……说心里话，我的确有点儿同情这个孩子。

我足足盯着肖铁看了有五分钟，肖铁仍是低着头默默地站着，一言不发。仿佛被我犀利的目光穿透了内心似的，这个桀骜不驯的家伙脸上居然红红的，低着头，嘴巴蠕动着，却说不出什么。

我叹了口气，准备离开的时候，一个快嘴的女孩说："老师，他在偷看你呢，你一进教室他就跟傻子一样，张着嘴巴看你，甚至又拿出了他的望远镜，就差口水流出来了！"

教室里哄堂大笑，我感觉自己的脸唰的一下红到了脖子。我感觉自己被这个可恶的家伙捉弄得无地自容，一股怒火一下子蹿了上来。我重新走到肖铁面前，扬起巴掌的时候，却又停住了，变成了一句无力的诘问："我有那么好看吗？"

"是的，老师今天穿着浅绿色的裙子，像一片叶子衬托出一朵鲜艳的花儿，是那么静美，又是那么圣洁……"这个家伙，居然如此大胆而又认真地说。教室里又是一阵大笑，不过似乎少了一丝嘲讽的味道。

"是吗？"我羞赧地抬起头问道，仿佛犯错误的不是他而是我。

"是的！美是一种潜在的品质，美就是要让人欣赏的！"肖铁响亮地答道。这次他抬起了头，十分真诚地看着我。教室里异常寂静，再没有人发出笑声。

我点点头，示意肖铁坐下。后来，我和肖铁进行了一次长谈。他给我看了他的厚厚的一本人体素描画稿，画面上有他的同学，有老人，有孩子，当然还有我。我惊诧于这个孩子的绘画天赋。我告诉他，只有考上一所艺术院校，接受良好的专业教育，他的画家梦才可能实现。肖铁望着我点点头，算是接受了我的建议。从此，肖铁像是变了一个人似的，学习刻苦起来。

高考前几个月的一天，肖铁竟然没来上课。我得知肖铁在家出事了，就急忙往肖铁家赶去。

一进小区，我看到肖铁家的楼下停着警车，警戒线外面围满了人。肖铁正呆呆地坐在八楼的窗台上，一副随时就会跳下来的样子。看到我正不顾一切地冲进警戒线，肖铁单薄的身体明显颤抖了一下。

这时肖铁的父亲正一边安慰着肖铁那位年轻漂亮的继母，一边指着肖铁破口大骂。原来，今天一早，肖铁的父亲发现肖铁竟然在一边偷看自己的继母洗澡，一边在纸上画着一幅裸女画像。后来事情发展到肖铁父亲在妻子的哭骂声中撕碎了儿子的画稿，而肖铁在父亲的暴打之下爬上窗台，要以死来报复父亲。我好不容易弄清了事情的原委，但我相信，肖铁绝对不是一个道德败坏的孩子。

我看见肖铁从窗台上站起来，人群迅速后退，几个警察急忙抬起了气垫放在窗下。我连忙大喊起来："肖铁你等我一下，你给我最后十秒钟，让我上来给你送一样东西，然后你再跳，好吗？"

肖铁看着我，点了点头。我不顾身后警察的劝告，飞快地跑上楼。屋里乱七八糟，肖铁的画稿成了一地碎片，七零八落地扔了一地。我走到窗台前，羞红了脸把一幅照片递给了肖铁，然后对他说："你父亲不相信你，但我相信你，只有保持心灵纯净的人，才是懂得美的人，你说是吗？"

我看见肖铁点了点头，泪水顺着他的脸颊流了下来。我再次下楼，看着肖铁一点一点地挪回自己的身体，这才长出了一口气。

一晃十年过去了，我已经成了这所学校里小有名气的业务能手。我教过的学生无数，成为成功人士的有很多。这天我突然接到一个陌生电话，竟然是肖铁的声音。他告诉我，省电视台正在播出他的专访，请我看一下。打开电视，我看到了肖铁，和十年前一样的倔强的样子，不同的是多了一种青年艺术家的修养与魅力。电视里，肖铁正在介绍自己的艺术道路，他说他的成功得益于他的高中语文老师，是她拯救了自己孤单的灵魂。我看到，他在向主持人展示他那幅获得国际大奖的油画《浴女》，而他另一只手里，始终紧紧地握着一张卷着的照片。

我的脸一下子红了起来，但我却十分的欣慰。我想，如果当年我和其他老师一样一味地惩罚，那么今天的肖铁还能成为著名画家吗？是的,除了我和肖铁,谁也不知道,当年大学校园里裸体写真刚刚流行,而我送给他的,正是自己的第一张写真照片。

给梦想一个出口

　　那一年的春天,阳光出奇的灿烂。久旱无雨的气候让地里的庄稼迟迟不肯萌发出绿色的希望,往日早已是遍地新绿的菜园里,一垄一垄的土豆已经种下一个多月了,仍然没有一棵露出头来的嫩芽,似乎依旧在梦里沉睡着。

　　而这个春天里最难熬的不是那些在干旱中休眠的种子,而是茫然失措无助地徘徊在命运的牢笼中的我。那一年,在外打工的我,除了拿回了一张自考大专学历证书,几乎一无所有。高考落榜的我,在异乡的工地上一边流着汗水一边奋力自学,以为凭着自己的努力就可以改变命运,可是梦想就像被干旱封存了的种子,似乎永远没有发芽的机会。我也曾四处求职,不是碰壁就是被骗,甚至去县人才市场递交档案也被拒之门外。花光了身上最后一分钱,无奈的我只好回到了家乡的小山村。

　　当了半辈子小学教师的父亲早已对我绝望透顶。我的一切努力在他看来都是不务正业,父亲认为在这个正规大学生就业都日益困难的时代,我把青春的时光浪费在自考上无异于异想天开。父亲甚至把我的一切失败都归结于自考,要我把自考毕业证收起来,跟着村里人到山西的小煤窑去挖煤,因为村里几户富起来的人都是靠挖煤起家的。当晚,父亲发动了所有的亲戚邻里来劝我,要我尽快从不切实际的想法中醒来,面对沉重的现实。父亲对所有的亲戚邻居提出了他的设想,不准任何人借给我钱,让我出去没有目的地乱跑,而要让我和村里的其他人一样去山西挖煤,赚几年钱就回来娶媳妇。毕竟那时候我已经二十七岁了,村里和我年龄相当的年轻人早已成家立业了。

与父亲对峙了半个月,我渐渐失去了信心,仿佛梦想正在一点点远去。终于有一天,父亲把我的自考毕业证和多年写作的文章一股脑儿扔了出去。我流着泪向父亲妥协了,答应他第二天随村里人一起下煤窑。那一夜我流着泪叹息自己的命运,却又无能为力去改变。

晚上突然下了一场雨,第二天早上却依然是万里晴空。天刚亮的时候,我被爷爷叫起来了。爷爷递给我一把锄头,要我跟他一块儿到地里给土豆"破土"。爷爷一边教我轻轻地把锄头贴着土豆垄,轻轻地刮去上面薄薄的一层土,一边告诉我土豆久不出苗是因为天气干旱,再下一阵雨,土地表层就会变得更加紧致,只要抓住这场雨后微微的潮湿,刮去这层硬土,就会很快长出来的。说着,爷爷扒开一窝土豆,让我看已经开始长出嫩黄叶片的土豆苗,正是因为没有"破土",它们蜷着小小的身子,无法钻出地面。

一个上午,我们埋头在一垄垄未出苗的土豆地里,爷爷一边絮絮叨叨地说着话一边忙碌着。而我的心情却低落到了极点,我甚至觉得自己连一棵土豆都不如,土豆尚且有人帮着出苗,而我只能面对命运的安排望而兴叹。

中午,爷爷背着父亲把我叫到跟前,偷偷地把他捡回来的我的毕业证和文章递给我,然后拉着我的手说,即使是命如纸薄,我们也要心比天高,只要有捅破命运这张纸的勇气,梦想总会长成大树的,一辈子埋在土里的土豆都可以,何况是人呢?爷爷的一句话,让我的梦想再次在心中复活。随后爷爷把一张五百元的存款单给我,让我去信用社把钱取出来,再去城里碰碰运气。

终于,靠着这五百元钱,我在一家报社找到了一份校对的工作,虽然是临时工,但我却格外珍惜。几年后,我又考上了家乡一所中学的语文教师,又因为比较深厚的文字功底被调进县城的政府机关。我知道,那五百元也许就是一辈子从未离开过土地的爷爷的毕生积蓄,正是这笔积蓄,给了我改变命运的力量。想着早日还给爷爷,可是因为要在城里结婚生子买房,一直未能如愿。

又是一个春天,我终于摆脱了繁杂的琐事赶回老家的时候,八十三岁高龄的爷爷却已经到了弥留之际。我拼命地喊着,可是爷爷还是握着我的手含笑去了另一个世界。默默守候在爷爷灵前,我悲痛万分却又没有了泪水。我知道,这一生无论面临多少厄运,我总会为梦想找到出口的,因为在生命中最无助的时候,我那只上过几天私塾的爷爷,用他那最朴素的方式揭示了命运最深奥的玄机,教会了我要永远选择坚强。

霜是开在心灵的窗花

寒风呼呼地在空中掠过,像是一个横冲直撞的醉汉,撞向一扇没有关牢的窗户,就会啪的一声闯进来,把刺骨的寒冷野蛮地灌满房间每一个角落。

寒风掠过的时候,我正在建筑工地的工棚里辗转难眠,不单是寒冷,还有对前途的迷茫和绝望。那是我第一次出门打工,我在大街上的自发劳务市场稀里糊涂地跟着一群急于找活儿干的民工，被人带到了这片建筑工地。在这之前，我在家乡的村办小学当代课教师，一边教着村里那些顽皮的孩子，一边靠着自考希望能圆自己的大学梦。因为落后与闭塞，最后一门课程计算机操作我怎么也考不过，因为在这之前我从未接触过电脑。于是，我便只身一人来到了城市的建筑工地，想象着找一份工作，一边打工一边考完所有的课程。

在这片工地上搬运水泥沙石、往十五楼上扛装修材料，是我来到城市里的第一份工作。虽然辛苦，但我依然能够坚持，因为我有自己的梦想。很快，我和三十多个来自各地的民工在这里干了三个多月了，已经接近春节了，想想自己拿到工资就可以去附近的培训学校培训，第二年春天就可以通过全部考试拿到文凭时，我对自己的未来充满了希望。

然而，我们干完最后一天活儿后，却再也找不到当初带我们来这里的那个胖胖的工头了。三个多月的血汗钱连同回家过年的希望都成了泡影。那个晚上，三十多个人挤在狭小而寒冷的工棚里，商量着怎样讨回自己应得的工资，然而整整一个晚上，更多的也只是抱怨和诅咒。第二天，我们找到了劳动监察部门和报社，却因为无法准确提供工头的联系方式和确切地址，一切都是徒劳。

在工地上等了几天后，失去了希望的人们渐渐散去了，只有我和一个外号叫"和尚"的中年人一直坚持到了最后。我是因为没有了回家的路费，而且也因为害怕村里人笑话而不敢回家，而他据说是因为家里常年有病的妻子急需用钱，而只好等着那个黑心的工头，希望他能够良心发现。

一下子变得空荡荡的工棚里更加寒彻刺骨，那一晚我们冻得瑟瑟发抖地挤在一起，一句话也没说，各自为着自己的明天而焦虑。难道就这样冻死饿死在异乡吗？我不甘心地在心里问自己，却又一筹莫展，毫无办法。突然，我想起工地门口有一家小商店，是一个瘦弱的外地女人开的，临时搭建的简易房，从工地后面绕到后窗砸开玻璃进屋，弄点儿钱应该是不成问题的。

想着想着，我就起身下床，到伙房找到被扔在这里的菜刀，蹑手蹑脚地溜了出去。绕到那家小商店的后窗，我又从地上捡起半截砖头握在手里。我摸黑查看了地形，一块大大的玻璃嵌在空心砖垒成的墙上就成了窗户，只要敲碎玻璃就可以轻易跳进去，我甚至听到了里面那个女人熟睡中发出的轻微的呼吸声。我不禁紧张了起来，握紧了右手的菜刀，随时准备在女人惊醒时用刀架住她的脖子。

就在我举起左手里的砖头，准备砸下去的时候，身后啪的一声打火机的声响，吓了我一跳。一丝亮光映在玻璃上，玻璃上一层厚厚的霜花被折射出五彩斑斓的光芒，接着，一只大手抓住了我握着砖头的手。原来，不知道什么时候，"和尚"发现了我的预谋，悄悄地跟了上来。"你看，那些凝在玻璃上的霜花多美啊，千万别打碎了它们。""和尚"在我耳边轻声地说。我狠狠地瞪了"和尚"一眼，使劲地想挣脱他的手。手里的菜刀哐当一声掉在地上，屋里的人一下子惊醒了，灯光亮了起来。"和尚"趁机拉着我，把我拽回了工棚。

那一夜，我们无语。天亮时，我出去上了一趟厕所，回来时，"和尚"已经走了。我一边思考着该去哪里落脚，一边收拾着自己的东西。突然，一张皱巴巴的五十元钞票从我的自考书里掉了出来。我连忙翻开书，只见书里夹着一张烟盒纸，背面写道："娃呀，别打碎了一块结满霜花的玻璃，那是经过寒冷才能开出的花朵，是开在心灵的窗花。钱是我捡工地上的废品卖来的，我拿二十块做回家的路费,剩下的五十块留给你,希望你努力坚持下去,实现自己的理想。"

看着这歪歪扭扭的字迹,我怔住了。没想到自己竟然连一个只有小学文化的农民都不如！那天,我找到了同在这个工地上的另一个工程队,工头听说我的遭遇后,当场把我留下来照看工地,并预支了我一个月的工资。就这样,我在寒冷的异乡留了下来,并继续着我的梦想。第二年春天,我终于考完了全部课程,拿到了我梦寐以求的毕业证书。

许多年后,我回到了家乡,凭着一边打工一边自考练就的坚韧不拔的精神,顺利考入了小城的政府部门,有了一份稳定的工作。寒冬的早晨,坐在宽敞明亮的办公室里,偶尔抬头看见玻璃上凝结的霜花时,我总会想起那位大叔。我们彼此连姓名都不知道,甚至记忆里只剩下了"和尚"这个绰号。但我永远不会忘记,那个冬天是他将我从恶念中拉回正常的人生轨道,用善良和质朴温暖了我绝望中的心灵。

霜是开在心灵的窗花,这是多么质朴的话语！是呀,无论前途多么渺茫,生活多么失意,只要我们用一颗诗意的心灵去面对,人生的严寒总会冰雪消融,生命的旅途总会温暖如春。

别弄痛了天使的羽毛

天空灰蒙蒙一片,又冷又硬的风夹着雪粒打在脸上,有一种刺骨的疼。我呆呆地站在寒冬的街头,却不知道自己该何去何从。在这片工地上干了三个月苦力，眼看着快过年了，老板却跑了，一块儿等在工地上讨薪的工友们一个个失望地回家了，只有我一个人还留在这空荡荡的工地上。

家是没法儿回去了，而且打死我也不愿空着手回家。我早就无法忍受继母的谩骂和父亲的责打，我不想因为自己这个多余的人而让家里不安宁。可是就在这寒冬的夜晚，十七岁的我却不知道自己该怎么熬过这个年关。最后几块钱已经在工地对面的网吧耗尽，饿着肚子在工棚里的硬板床上辗转了一个下午，我却没有想到任何办法。

站在工地的大门口，望着漫天飞舞的雪花，听着耳边车流人流的喧闹，我突然想起曾经在这座城市里看到的那些碰瓷的人，那样不也是能赚钱的吗？

打定了主意，我就在路边等待目标。那些汽车、出租车我是不敢去碰的，搞不好会偷鸡不成蚀把米，甚至会把自己真的弄残废了，我害怕那样的结果。终于，我发现一辆电动自行车驶了过来，速度不是很快而且正要转弯。我赶快迎面撞了上去，然后顺势倒在地上。

电动车嘎的一声停住了，一个中年妇女正用愤怒的目光看着我，我连忙抱着一条腿呻吟起来。

这时，电动车后座上跳下一个八九岁的小女孩。她急忙跑过来，一边抚摸着我的腿，一边说："哥哥，很痛吗？"我掀起裤腿，只见脚踝处一大块皮被剐掉了，鲜血染红了自己的袜子。我试了试，竟然真的痛得站不起来了。

中年妇女犹豫着，准备启动车子走掉。小女孩却抓住我的手不放："妈妈，哥哥一定很痛，我们带他去上药吧，不能把他扔在这里呀！"小女孩一边说着，一边用急切的目光看着妈妈。中年妇女迟疑了好半天,走过来扶起我,推着车子穿过工地旁边的小路,带我进了一座破旧大杂院。

进门我才发现,这个家简陋得和工地上的工棚好不了多少,我从来没有想到,这么繁华的城市也有这么穷的人家。一进家门,小女孩就找出了碘酒,学着大人的样子给我擦洗伤口,然后用一团洁白的棉花按住,再铺上一块纱布,用胶布粘牢。

等我一瘸一拐地挣扎着准备回工地时,小女孩的妈妈已经端来了热腾腾的饭菜。吃完饭,我向母女俩告别。小女孩拉住了我,满脸乞求地对母亲说:"哥哥的伤一定很痛,马上就要过年了,让哥哥在我们家过年,伤好了再走,好吗?"

小女孩的母亲犹豫了片刻说:"好吧,刚好可以让哥哥辅导你完成寒假作业呢!"

于是,这个年末的日子,我就在这个陌生的家里住下了。每天辅导完小女孩的作业,我就帮忙收拾家务,但都被小女孩以我的伤为由抢着干了。五天过去了,年已经过完了,工地上开始有工人陆陆续续返回了,我就连忙向母女俩告别。我心里一直不安,我知道小女孩的母亲从一开始就知道我的企图,只是不愿意伤害女儿善良的心而已。我在心里十分感激她没有当场揭穿我拙劣的演技。

一回到工地,我就跟随另一支工队去了另外的工地。后来,再也没有见过那对母女,但那团沾了我的血迹的棉花却在我的记忆里永远珍藏,像天使的羽毛般洁白柔软。

许多年过去了,我终于靠着自己的努力改变了自己的命运。无论是走投无路,还是身处绝境,我都会脚踏实地地从容面对,再也没有产生过一丝不良的念头。因为我知道,无论什么时候,都不要让自己瞬间的恶念去弄痛了天使的羽毛,心存美好,生活永远不会亏待自己。

放对位置的石头也是宝贝

十七岁那年，因为逃课、打架，因为在课堂上公然顶撞老师，更因为除语文外其他课程成绩都一塌糊涂，他在高三的最后一个学期被学校劝退，回家当了一个农民。因为离毕业还差几个月时间，他连高中毕业证都没拿到。

回到家乡的小山村，当了半辈子小学教师、教出了几十个大学生的父亲气极了。很少求过人的父亲带着礼品去求学校的校长和他的班主任老师，甚至求遍了教育局里所有他熟识的人，结果换来的都是一片叹息声：你的孩子，这辈子怕是完了！因为他在学校里早已是臭名昭著，几乎所有认识他的老师和同学都说不出他有什么优点。

看着父亲绝望地回来，听着父亲羞愧的叹息，他却无动于衷，甚至在心里偷偷地笑父亲：都到了这一步，还要去求那所破学校！就算让自己再回到课堂上，又能怎样呢？那一晚，气急了的父亲狠狠地揍了他一顿，他却咬着牙不吭声。他在心里想，不让上学就不上了，此处不留爷自有留爷处，何必如此！

第二天，他就开始了自己的行动。他学着村里的小贩，开始做小生意。先是收购土鸡蛋，农村几乎家家都有散养的土鸡，饲养完全不用饲料，这种鸡下的蛋很受城里人欢迎，价格比普通鸡蛋高出许多。他挨家挨户收来土鸡蛋，装了满满两筐，骑上自行车运到县城。一路上他都在想着这两筐鸡蛋，照城里的价格，一定会小赚一笔的。可是,他刚把鸡蛋摆进县城的农贸市场,立刻就来了两个市场管理人员,指责他没缴市场管理费,争辩中一个市场管理员一脚踹翻了他的鸡蛋。看着一地黄黄白白的破鸡蛋,听着其他小贩的嘲笑,他才知道,在农贸市场摆摊,不仅要交管理费,还要请管理人员吃饭,如果在县城没有靠山,在农贸市场做生意根本就混不下去。于是,他只好带着两只空筐回来了。后来,他听说邻县的一家工厂收购猪毛,便背起麻袋跑遍了村子周围的山山峁峁,终于收回了几百斤猪毛。他满怀希望地运到那家工厂,却被收购人员告知需要除去水分和杂质。猪毛便被摊在地上晒了一下午,再进行除杂、过秤。一系列程序过后,他的几百斤猪毛少去了近百斤。面对着堆积如山的猪毛,他欲哭无泪。通过卖猪毛赚一笔的希望灰飞烟灭了,不仅如此,他还赔进去了几百元,这些都是他向亲戚借的啊。原来,别人收购猪毛的时候都是精挑细选的,而他却收回来一堆被人用水浸泡后再掺进沙土的猪毛。

他再也不想去当小贩了,他知道自己没有做生意的天分。后来他思考再三,就带上简单的行李去了城市,想凭力气养活自己。可是,找了一家又一家工地,人家一看他瘦弱的身材,就直摇头。费了好大劲,他才终于被一个工头留了下来。他支撑着单薄的身体去干他从未干过的体力活,忍受着工友们的捉弄与嘲笑,迫切希望能够在这里立足。谁知,马上就要过年了,工友们都欢天喜地地领了工资,陆陆续续地回家了,唯独他领到工资。他向工头讨要,工头却说:"就凭你这力气,给你一口饭吃就已经不错了,还想要工资?"他据理力争,甚至爬上工地上的吊塔以死相逼,怕担责任的工头只好给了他一百元路费让他赶快回家。

那个春节,看着外面一派欢乐的景象,他的心却像掉进了冰窟一样寒冷。听着父母谈论谁家的孩子打工挣了多少钱,谁家的孩子大学放假回来了,他忍不住用被子蒙着头无声地流泪。他想,也许自己真的不该活在这世上,他甚至准备好了绳子,打算过完年就找一个地方一个人安静地死去,就当自己从未来过这个世界。一家人热热闹闹地过年,只有他躲在角落里,头也不敢抬。

正月初二的时候,入赘在几十里外的另一个村子当上门女婿的大伯来看望爷爷奶奶的时候,知道了他的情况。大伯让他去自己家里住几天,然后给他找个活儿干。想着自己似乎已经到了穷途末路,他便毫不犹豫地跟着大伯走了。

大伯在他们村里是一个砌石坎的工匠,远近盖房子的村民经常把垒房基、打土墙的活儿包给大伯干。第一天跟着大伯干活儿时,他就洋相百出,换来了阵阵嘲笑。让他挖土方,他半天挖不满一筐土;让他用架子车拉土,他却在下坡时一头栽进了路边的小河;让他给打土墙的人挑土,他担了浅浅两筐土,却不敢迈步,腰都直不起来,生怕自己会连人带筐掉下去……

看着主人阴沉得像快要下雨的脸,大伯只好让他去搬石头,供垒房基用,这是最简单的活儿了。他来到不远的小河边,费尽全力搬起一块不大不小的石头过去,垒房基的人只看了一眼就扔在了一旁。这时,他听到这家的女主人在训斥孩子:你不好好学习,将来就跟那个傻子一样,搬个石头都搬不了,长大喝西北风去呀!他站住了,耳边传来了哄笑声,他强忍着没让泪水滚落下来。

就在他准备离去的时候,大伯拉住了他。大伯把他搬来的那块石头用锤子敲掉了一部分,然后瞅准一个空缺,把石头放了上去,还用脚踩了踩说:“你看,这块石头并不是没用,而是没有找到合适的位置。在好的石匠眼里,再没用的石头,放对了位置也是宝贝啊。”他若有所悟,呆呆地看着,没想到没读过一天书的大伯,竟然懂得这么高深的道理!

跟着大伯干了一段时间,他终于低下头来求父亲,父亲给他在村小学找了一个临时代课教师的工作。他用了三年时间,白天给孩子们上课,晚上拼命地读书自学,拿到了自考大学文凭。然后,他再一次走进了城市。刚开始,他当过仓库管理员,干过推销,拉过广告,但都像一块找不到合适位置的石头一样,一事无成。终于,他凭着扎实的文字功底考进了小城的政府部门,有了稳定的工作和良好的工作环境。那个年轻人,就是我。

如今,坐在窗明几净的办公室里,我不再像一只无头的苍蝇一样四处碰壁,安静的生活让我能够继续坚持自己的文学梦。每每想起当年,想起大伯的教导,我的心里便会充满信心和力量。因为,我懂得了人生不要轻言放弃,哪怕自己是最无用的石头,只要有了放对位置的机会,也一样会成为宝贝。

请为你的错误买单

那一年,我突然做出一个不可思议的决定:退学,出去打工。原因是我在所有的老师眼里都是一个无可救药的差生,成绩出奇的差,而且常常因为交不起资料费而被老师训斥。那时,我最大的愿望就是离开学校,自己养活自己。

默默地收拾了自己的行李回家去时,竟然没有一个老师觉得惋惜,甚至相反,他们都为走了一个差生而高兴。而我离开学校时,离高考连两个月的时间都不到了。

回到家里,我的行为自然引起了所有亲人的责骂。我的叔叔、姑姑们轮番对我进行开导，所有的人都劝我不要放弃，但是我依然沉浸在对未来的美好设想中，听不进去任何人的劝告。只有一个人对我荒谬的行为无动于衷，这个人就是我当小学校长的父亲。

几个月后，当所有的亲朋好友都对我失去了耐心，再也没有人劝我的时候，父亲一个人坐在堂屋的桌前喝着闷酒。一向对我十分严厉的父亲在这件事上破天荒地没有责骂我。他把我叫到跟前，用十分平静的口气叫我坐下，然后满满地给我倒了一杯酒，递给我。我举起杯子，一口喝了下去，一股钻心的辣味呛得我眼泪流了下来。然后父亲用淡淡的口气问了我今后的打算，我战战兢兢地说了自己的想法。我以为父亲会大发雷霆，父亲却依然平静地问我出去打工的路费怎么办，我说我可以去借，父亲便再也没说什么。

第二天，借了一圈我却没有借到一分钱。晚上，我只好壮着胆子问父亲要钱，作为出去打工的路费。谁知，父亲听了我的话后，对我说："你现在不上学了，我就没有继续供养你的义务了，钱我可以给你，但你必须写张借条，保证按时还我，我还要供你的弟弟妹妹们上学。"

我想起同村的年轻人出去打工前，他们的父母总是忙着筹集路费、准备行李，千叮咛万嘱咐，生怕儿女有一点儿闪失，而我的父亲却是如此绝情。我赌气地给父亲写了一张借条，一把接过了钱。第二天一早，我就头也不回地走了。

在城市里流浪，我像一只无头苍蝇一样四处碰壁，最后终于在一处建筑工地找到了一份小工活儿。谁知，快过年的时候，工头却消失了，一起消失的还有我的三个月血汗钱。在工地上守了几天后，我接到了父亲的电话。我以为父亲打电话是叫我早点儿回家过年,没想到父亲一张口就问我赚到钱没有,什么时间还他的钱。我在陌生城市的街头公用电话亭里哭得泪流满面,无奈地说出了自己的处境,父亲却半天没有回音。末了,他才说:"好吧,我再借给你一点儿钱,总不能让一个活生生的人饿死他乡吧。"果然,父亲很快给我的卡上打来了钱。就在我高兴地取出钱打算回家过年时,父亲的电话又来了。父亲问了我钱是否收到,并再一次要求我给他写张借条。我流着泪写了一张借条,给父亲寄了回去。我在心里恨透了父亲,便打消了回家过年的念头,心里暗暗发誓,不混出个样子绝不回家。

那个春节,我一个人在城中村的小旅馆里昏睡了三天后,趁着春节打工者都回家过年的机会找到了一份较轻松的工作。在旅馆冰冷的硬板床上,我就想通了,要想改变自己的命运光靠勇气是不行的,还要有必要的知识和技能。于是,我开始了一边打工一边自学的生活,终于拿到了自考大学文凭。后来,凭着自己坚强的毅力,我终于考进了家乡小城的政府部门,有了一份稳定的工作。领到第一个月工资后,我特意找到了父亲,还钱给他并想要回自己的借条。

谁知,父亲笑着告诉我,那两张借条早就被他撕掉了,其实一开始他就没打算让我还钱给他。父亲说:"那不是借条,而是时刻提醒你的工具。一个对自己负责、敢为自己的一切错误买单的人才是真正的男子汉,才不会被命运击倒!"

望着父亲花白的头发和满脸的皱纹,我忍住了泪水,内心却升起了一种暖暖的感觉。